99のなみだ・空

涙がこころを癒す短篇小説集

JN264273

リンダブックス

目次

遠い夏の　7
あなたともう一度　26
板垣さんのやせがまん　42
僕とりんごとおばあちゃん　62
特技はうそつき　80
ひまわり　100

大好きなお姉さんへ 116
花のように 136
ぼくのともだち 156
運び屋 176
ラスト・ゲーム 196
君の卒業式 218

99のなみだ・空

ふあああ、と間抜けなあくびをしたとたん、隣の席の綾乃《あやの》に足を踏まれた。黒いエナメルブーツのとがったヒールで。容赦《ようしゃ》なく。どこの女王様だっつー話よ。

「翔《しょう》！　つまんなそうにしてんじゃねーよ。テメエがいきたいっつーから連れてきたんだろっ」

綾乃はドスのきいた声ですごむと、きれいに巻いた栗色の髪をふり乱して三白眼《さんぱくがん》になる。マジ勘弁。澄ましてりゃバービー人形みたいなオンナなのに、血中ヤンキー度が高すぎる。

俺が返事がわりにもう一度大きなあくびをすると、綾乃は顔をこわばらせた。お、キレるか？　しかし、綾乃は耐えた。にーっと無理やり笑顔をつくる。そしてラインストーンで飾った爪を座席に食いこませて伸び上がると、後ろを見た。

「おばあちゃんは寝てていいからね！」

別人のようにやさしい声を出してやがる。俺もつられて振り返った。小柄なばあさんが身じろぎもせず座っている。ついさっき会ったばかりの綾乃のばあさん。庄治澄子《しょうじすみこ》さん。目が合ったので「どもども」と頭をさげてみたが、まったく反応なし。へこむわ。

綾乃と綾乃のばあさんの女ふたり旅に交ぜてもらったのは、たしかに俺の希望だ。けど、希望しなきゃいけない雰囲気に持っていったのは、綾乃なんだ。


ひと月ほど前、俺は綾乃にプロポーズした。二十二歳の男ならもっと遊んどけ、早まるなって、配管工の先輩たちには忠告されたけど、俺は「元ヤンにしちゃ遅いほうっすよ」なんてへらへら笑って流した。実際、俺が綾乃との結婚を意識したのは十七のときだ。高校出て、配管工としてある程度稼げるようになるまで、むしろ待たせすぎたくらいだ……と思ってた。俺は。

けど、綾乃はちがったようだ。眉をよせてはっきりと言いやがった。

「まだいいんじゃね？」

「……なんだよ？　もうマリッジブルーか？」

「だからあ、結婚のことなんか、アタシまだ考えてないしっ」

「考えろよ。俺なんてもう五年も考えつづけてんだぞ」

冗談めかして言ったつもりが、見事に声がひっくり返った。情けねー。そんな俺の顔をじっと見つめ、綾乃が聞いてきた。

「来月、おばあちゃんと日帰りで旅行にいくんだけど、翔も来るか？」

「いく」って言ったよ、俺。だってこの状況、この展開で、他に答えようなかっただろ？

朝七時に東京駅で待ち合わせて、博多行きの新幹線に乗り込み、新大阪でばあさんが合流した。そしてやっと、綾乃から旅の目的地が広島だと聞かされた。

「広島ってどこ？　四国？」

俺が思わず口走ると、ばあさんはニコリともせず「ちゃいますね」と言った。会話終了。いつもは喋りまくる綾乃も頬杖《ほおづえ》ついて窓の外なんて見てやがる。そりゃ、あくびも出るだろ？

そのあとだいぶ経ってから、俺はもう一度足を踏まれた。

「寝てねーぞ。軽く気を失ってただけだ」と言い訳しながら隣を見たら、綾乃が腹をかかえて上体をくの字に折りまげていた。額にはびっしり脂汗だ。体も熱い。「腹がいてえ。気持ち悪い」とうめいてる。チャリで派手に転び、両膝小僧の皮がべろりとはがれて血だらけになったときでも「ウケるー！」と笑い飛ばしてた綾乃が「いてえ」と言うんだ。ヤバイだろ。

あわくって立ち上がろうとした俺の腕を、綾乃ががっつり掴む。え？　何このバカ力《ちから》？

「おばあちゃんの旅を止めないでくれ」と綾乃は俺の目を見て、拝むように言った。

しかし広島に着くと、当のばあさんが一発で綾乃の不調を見抜いてしまい、結局病院に駆け込んだ。検査やら薬の投与やらが一段落したあと、綾乃はベッドの上でしょんぼり頭をさげる。

「虫垂炎《ちゅうすいえん》なんてツイてねーよ。おばあちゃん、ごめんね。旅先でこんなハンティング……」

それを言うなら『ハプニング』だ。そうツッコもうとする俺より先に、ばあさんが「悪い病気じゃなくてよかった」と喜んだ。それはそれは喜んだのだ。

「付き添うよ」

張り合うように申し出た俺とばあさんの顔を見比べ、綾乃は笑った。そして首を振った。

「いい。アタシはひとりで寝とくから、おばあちゃんは翔と旅をつづけてよ。お願い」

ばあさんが露骨に戸惑った顔で俺を見る。俺だって内心「冗談じゃねーよ。何の罰ゲームだよ？」と叫んだが、とっさに愛想笑いをつくっていた。お調子者の悲しいサガだ。

「どもども」

「……」

無視かよ。へこむわ。ホント。

「広島って何が名物でしたっけ？　せっかくだから美味いモン食べて帰りましょうよ」

めげずに話しかける俺を置いて、ばあさんはさっさと道路を渡っていく。ちっさいけど背すじがしゃんと伸びて、その後ろ姿は七十五を越えた人にはとても思えなかった。見惚れていると、道路の真ん中をすべるようにして電車がやってきた。路面電車だ！　へこみ気味だった俺のテンションが一気に上がる。写真におさめたくて携帯電話をひらくと、視界の隅でばあさんが手を振りまわしていた。どうやらコレに乗るらしい。俺は撮影をあきらめ、駅まで走った。

車内でもばあさんとの会話の糸口はつかめず、俺は吊り革につかまって街を眺めた。広い道路をはさむように建ち並ぶ近代的なビルを見て、思わず声が出る。

「すっげー！　都会じゃないすか、広島。路面電車もヤバイし、俺、気に入っちゃったな」

ばあさんが俺を見た。つーか睨まれた。ヤバイ。むしろ俺の立場がヤバイ。

十分ほど揺られて、電車を降りる。ランドマーク的なものは何もない、ごくごく普通の街だ。ココで何をする気だろう？　冷たい風に首をすくめる俺を一度も振り返らないまま、ばあさんは路地から路地へと抜けていく。電車に乗るときもそうだったけど、足どりに迷いがない。

「広島に来たことあるんですかーっ？」

俺の問いかけに、ばあさんは前を見たまま片手をあげた。「そうだ」とも「うるさい」ともとれるジェスチャーだった。

やがて、ばあさんは花屋の店先で立ち止まる。そして唐突に俺を睨《ね》め上げた。

「綾乃とは、長い付き合いなんですか？」

「へ？　えーと、はい、中三のときにアイツ……綾乃さんが大阪から東京に、俺のいた学校に転校してきて、そっから……あ、カノジョになったのは高校に入ったあとですけど」

聞いているのかいないのか、ばあさんは、道路にはみ出るように並べられた花たちをじっと見下ろしていた。リアクション薄《うす》っ。もうちょっと孫を褒《ほ》めとくか。口が勝手に動く。

「カワイイっすよねー、綾乃さん」

俺の薄くて浅いペラペラな言葉に、ばあさんは軽くため息をつき、店の中に入ってしまった。しくじったか。俺が頭をかかえていると、ばあさんは白い花束を持って出てくる。思わず手を出したが、俺がもらえるはずもなく……じゃあ、誰のための？

ばあさんは空を仰ぎ、「急ぎましょう」と言った。早くも傾きはじめた冬の日差しが、ばあさんの輪郭を金色にふちどっている。俺はようやく気づいた。

この旅って、観光じゃなくね？


俺の予感は的中した。次にばあさんが辿りついた先は、寺に併設された墓だったのだ。病院に、墓に……って、やっぱり観光じゃねーよ。

けっこうな数の墓石が立っていたが、真冬の夕方、墓参りに来てる人など誰もいない。柿の木に止まった大きなカラスがガアガア鳴いて、薄気味悪い。俺はぶっちゃけすぐにでも帰りたかったが、よろよろとバケツに水をくんでいるばあさんを放っておくわけにもいかず……。

「俺がやりますよ」とバケツを受け取った拍子に手にはねた水が痛いほど冷たかった。ギリギリと刺し込んでくる寒気にくしゃみが出る。

そういや綾乃は毎年この時期になると「おばあちゃんと旅行してくる」と出かけていった。ココに来てたのか、と俺は知る。バケツ持ちは、いつもなら綾乃が担当しているんだろう。

水の満たされたバケツにひしゃくを入れて運んでいくと、ばあさんは奥のほうにあるひとつの墓の前で、黙々と掃除をしていた。雑草を引き抜き、ゴミや枯葉をていねいに拾っていく。

「なか……ざわ……中澤《なかざわ》家の墓」

風雨にさらされた古い墓に刻まれていた文字を俺がなんとか読みあげると、ばあさんは掃除の手を止めずに言った。

「私の家族の墓です」

「へー。広島が故郷だったんすね。俺てっきり大阪の人かと思ってました」

ばあさんは墓のまわりをすっかりきれいにしたあと、花を供え、墓石にひしゃくで水をかけていく。俺は邪魔しないよう横にどいて、墓碑銘を何となく眺めていた。端《はし》から順に「中澤治《はる》久《ひさ》　四十三歳」「中澤芳子《よしこ》　三十八歳」「中澤修《おさむ》　九歳」。普通に考えて、ばあさんの両親と兄弟ってところだろう。みんな大往生とは言いかねる年齢で亡くなっている。没年月日が全員同じことに気づき、深く考えずに尋ねてしまった。

「みんな、交通事故か何かで?」

ばあさんの首がゆっくり傾《かし》ぐ。ワイヤーが切れたように、張りつめていた表情がふわあっと緩み、遠くを見つめる目になった。

「昭和二十年八月六日。その日に何があったか、知りまへんか?」

「昭和二十年……」

ニジュー……ニジュー、ハチ、ロク……ダメだ。学生時代、俺は歴史が一番苦手だった。

「一九四五年八月六日」

ばあさんが西暦で言い直してくれる。その年号には聞き覚えがあった。俺は早押しクイズに答えるような気軽さで、せっかちに叫ぶ。

「ゲンバクだ!　ゲンバクが落ちたんすよね?　ヒロシマに!」

ばあさんが静かにうなずいた。そして息を吐き、俺の目をまっすぐに見て言ったんだ。

「あの日、私はこの街にいました。私は、被爆者です」

ヒバクシャという耳慣れない言葉を聞きながら、俺は十七歳の八月六日を思い出していた。

「なあ、翔。一九四五年八月六日は、何の日だ?」

暑い夏休み。俺の狭い部屋。俺の汚いベッド。俺の体の下で、綾乃は初めてあらわにした胸を隠そうともせず、まっすぐ俺の顔を見つめて聞いた。

「は？」

「わからねーのかよ？　一九四五年の今日、何があったか？」

「ちょっと、黙れって！」

綾乃は「初めてだ」と言ってた。俺も初めてだった。あえて申告したりはしなかったけど、その不手際と焦りようを見ればすぐにわかっただろう。俺ホント、必死だったんだ。だから、綾乃の言葉なんて聞いちゃいなかった。いや、聞こえてたけど、答える余裕なんてなかった。そもそも、答えを知らなかった。

本能にふりまわされっぱなしの俺から目をそらし、綾乃はぽつりとつぶやいた。

「広島に原爆が落ちたんだ」

自分があのときどんな相槌《あいづち》を打ったか、もう覚えていない。どうせいつものように適当に茶《ちゃ》化《か》したんだと思う。ただその年号だけは、気恥ずかしい記念日と共に俺の記憶に刻まれた。

今の今まで、たまたまその日が八月六日だったから、綾乃はそんなクイズで緊張をまぎらわしたんだと思っていた。けど、ひょっとしたらあれは綾乃にとって、「初めて」のことをするアイツにとって、とても大事な質問だったんじゃないか？　俺は考える。考えるってのは、口を閉じ、立ち止まることなんだと初めて知る。

綾乃はあのとき、どんな気持ちで俺に尋ねたんだろ？　どんな思いで？

歴史の教科書に書かれていた『原子爆弾』という文字。それは『大化の改新』や『鉄砲伝来』や『関ヶ原の戦い』や『米騒動』と同一線上に並ぶ文字だった。どっかの時代、どっかの場所、つまり今ココにいる俺とは全然関係ない次元で起こった、遠くてぼんやりとした出来事。むかーしむかし或るところに、って世界。

でも今、『原子爆弾』という文字には色がつき、ばあさんの形をとり、俺の目の前に存在している。おとぎ話に変質しかかった過去でも、ラインマーカーを引っぱって試験前だけ頭に叩きこむ単語でもない。俺の愛するオンナにまつわるリアルだった。

ばあさんは俺の横に立つと、墓碑銘をそっと指でなぞった。

「私の家も家族もあの一瞬でなくなりました。家族の最期を見届けられへんかったことが心残りです。父は会社に、弟はその父を見送りに出かけたあとで、家の中に残っていたのは母と私だけ。でも、その母とすら、私はいっしょにいられへんかった」

その瞬間、ばあさんはひとり、裏庭を掘り起こしてつくられた防空壕の中にいた。母親に頼まれて、そこに保存されていたサツマイモを取りにきていた。白い閃光と爆風が過ぎたあと、ばあさんは崩れかけた防空壕から必死に這い出た。体のあちこちが痛くて血だらけだったが、目は見えたし、ちゃんと歩けた。ばあさんは倒壊した家に駆け戻り、ついさっきまで台所だった場所で黒い物体を見つける。

それが炭素化した母親の死体だと理解するまで時間がかかった。「かあちゃん」と呼んで触れたとたん、死体は砂のようにさらさらと崩れてしまったそうだ。

ばあさん、いや十三歳だった澄子さんは涙を流す余裕もなかった。焼け野原となった街を三日三晩歩き回って、父と弟を探した。むせかえる臭気とうだる暑さの中、たくさんの死体を踏み越え、たくさんの死を目撃し、ひたすら歩きつづけた。

「ぺしゃんこに潰れた家の前を通ったときでした。瓦礫《がれき》の下にはさまって全身焼けただれた人から、赤ちゃんをさしだされたんです。『私の子です。この子だけでも、助けてください』ってかぼそい声で何度も何度も、拝むように頼まれました。見たらそのちいさな赤ちゃん、傷も火傷もなくて、本当にきれいな体をしてんねん。きっと母親が全身でかばったんでしょう。泣き声に力がみなぎってて、たしかに生きてた。たくさんの可能性を持つその命が自分にゆだねられたことを、私はちゃんとわかってました。次の人がいつ通りがかるかわからない。それまで母親の命がもつとは思えない。母親が亡くなれば、今は元気な赤ん坊もじきに飢えて死ぬだろう。わかってました。でも、どうしても、その赤ちゃんを抱き上げてやることができひんかった。他人を助ける余裕がなかった。私はだまって立ち去りました。耳をふさいで走って逃げたんです。

尊い命を見捨てたんは、その一回だけじゃありまへん。いろんな場所で何度も何度も……私は必死に生きようとしている街の人たちを見殺しにしました」

「私は罪人です」と澄子さんは言った。

十三歳の澄子さんはその後、自力でどうにか父親の国民服に縫いつけられていた名札の切れ端と、弟の骨を見つけた。

「でも、弟の骨は本人のものかどうかわかりまへん。父の名札の切れ端のそばにあった小さな骨を、弟のだってことにして拾ったんです。あの子はおとうさんっ子やったから……最期は父といっしょに、父に守られて、恐怖を味わうことなく死ねたんだって思いたくて」

身寄りのなくなった澄子さんは、終戦後すぐ、大阪で呉服屋を営む親類に引き取られた。奇跡的にほとんど火傷を負わず、深い裂傷もなかったため、半年もかからずに澄子さんの外見は――外見だけは――爆弾が落ちる前と何ら変わらなくなった。親類はそんな澄子さんに『善意』から忠告した。

「被爆者だってことは黙っとくんやで。広島から来たとも言うたらあかん」

ただでさえ少ない情報が意図的に隠された混乱期。人々は知識を持たず、「髪が抜ける」「体に紫の斑点が浮かぶ」「血が止まらない」など、被爆者たちにあらわれた症状を『伝染病』と忌み嫌う人も多かったという。

「原爆のことがバレたら、就職も結婚もパーや。うちの商売にも響くさかい、頼むわな」

親類は澄子さんにしっかり釘をさしてから養女にした。

こうして、澄子さんは『大阪の娘』となり、広島から切り離された。

ふるさとの言葉を封印し、自分が味わった地獄をなかったことにして、原爆の後遺症と差別という生き地獄がつづく広島の人々とは一線を引いて、朗《ほが》らかに『戦後』を歩きださねばならなかった。

「生まれたときからの大阪人ってことにして、私は見合い結婚しました。

夫となった人にも原爆のことは話しませんでした。

心のどこかが痛みつつ、でも、あたらしい暮らしを楽しんだのも事実です。

自分はごく普通に成長した呉服屋の娘なんだと本心から信じられる瞬間もたびたびありました。偽りの経歴でもいい。このまま前だけを見て生きていこうと誓ったりもしました。

でも、一年ほどして授かった長男は、生まれつき片方の目のまわりに黒い輪ができてたんです。お医者さんは、母胎にいる間に脳の中で出血があったんやろっておっしゃってました。泣かない赤ん坊にお乳をふくませても飲みまへん。飲まなくて当然。ぽたぽたと床にたれた私のお乳は……真っ黒でした」

澄子さんはふふふと小さく息をもらした。泣くことをあきらめた眼差しは乾いていた。

「どれだけ大阪弁使っても、どんだけ忘れようとしても、私はやっぱり広島の被爆者でした。赤ん坊は生後七日で死にました。丈夫な子に産んでやれず、申し訳ないことです」

何も知らない夫は澄子さんを慰め、あたらしい子どもを望んだ。けれど、一度出産を経験した澄子さんの体は力を失い、年々不調をきたす部位が増えていった。そしてせっかく妊娠しても、流れてしまうことが多くなった。

「こんな自分に子を持つ資格があるのか、悩みながらやっと授かった子どもが里美……綾乃の母親です。たった一人の娘は、少々おてんばすぎるくらい丈夫に育ってくれました」

娘が二十歳《はたち》になるのを待って、夫婦は離婚した。その原因や背景について澄子さんは多くを語らず、「私が悪かったんです」とだけ言った。

成人した娘が結婚を前提に交際している人を家に連れてくるようになって、澄子さんは娘に初めて自分の生い立ちを語った。それはすなわち、広島と原子爆弾を語ることだった。

「そのとき、私は里美に言ったんですよ。『これはあんたの胸にだけ秘めておき。恋人や友達にわざわざ言わんでもええよ』って。恐ろしいですね。自分がさんざん苦しんできた枷《かせ》を、娘にもはめようとしたなんて」

すべて聞き終えた綾乃のおばさん——里美さん——は、顔を上げ、うなずいた。

「わかった。でも将来、うちに子どもが生まれたら、その子たちには早めに伝えるよ」

この約束はやがて破られることになる。初めての子どもを三ヶ月で流産した里美さんが夫に打ち明けてしまったのだ。

「流産の報告にきた夫婦の前で、私が自分のせいだと半狂乱になって死のうとしたんです。ただただびっくりしている婿《むこ》に、娘は事情を説明するしかなかった。そしてあの子、私と婿の両方に泣きながら言ったんです」

「うちの流産は、おかあさんのせいとちゃう。原爆のせいとちゃう。ぜったいに！」

里美さんはすぐにまた妊娠し、今度は無事に産むことができた。それが綾乃だ。その四年後には、まるまる太った男の子も誕生した。コイツは今、高校柔道で全国大会に出ちゃうようなオトコに育ってる。俺のことを慕ってくれてるような、その実バカにしてるような、すこし生意気だけど、いいヤツだ。そして、健康なヤツだ。

俺がそう言うと、澄子さんは目をつむった。

「どうかこれからも娘や孫たちが健康でいてくれますように。私の願いはそれだけです」

その祈りに、自分の血が受け継がれるたび澄子さんの味わった不安と恐怖が詰まっていた。

「初めて家族の墓参りに来たんは、離婚した後です。戦後三十五年も経ってました。それからさらに三十年近く経ちますが、私はいまだに夏の広島に来ることができまへん。亡くなった人、被爆者であることを隠さずにこの街で生きる人、きちんとあの日のことを語り継いでいる人に申し訳なくて、どうしても来られまへん。私は本当に意気地のない、卑怯者です」

澄子さんは白い息を吐いてそう言うと、線香に火をつける。それから、あれほどしゃんと伸びていた背中をちっさくまるめて、いつまでも手を合わせていた。いつまでも。

すっかり日が落ちてから、帰りの路面電車に乗り込む。

澄子さんは喋らなかった。俺も話しかけなかった。

キラキラとまたたく街の電飾を見ながら、俺は考えていた。

たまたま戦争中に、たまたまこの国の、たまたま広島という街で、たまたま生きていただけの理由で、「そんな理由あるかよ！」って逆ギレして当然の理由で、簡単に『死んでもいい人間』にされた人がたくさんいた。

その無責任で残酷な殺しからどうにか逃れた人たちは「生き残ってしまった」と考え、何十年経っても罪の意識と後悔に縛られている。

戦争ってそういうモノなんだ。どんな大義《たいぎ》を掲げようとも単なる人殺しなんだ。そんで、人を殺すってのはただ誰かの命を奪うだけじゃなくて、その誰かの周りの人たちの人生まで奪い取ってしまうんだ。


俺と綾乃が十七歳だった、あの八月六日。

コトが終わって、俺たちは並んで天井を見上げた。俺は昂《たか》ぶった気持ちのまま冗談めかして、でも内心かなり本気で「結婚する相手は、オマエに決めた」って綾乃に言ったんだ。

綾乃はひとしきり手をたたいて笑ってから、ぞっとするような冷めた声で吐き捨てた。

「適当言うな。無理だよ、きっと」

俺は思わず首を曲げて綾乃を見た。綾乃は天井を見上げたまま表情を変えなかった。

「アタシのことを何も知らないくせに。一回ヤったくらいで調子こいてんじゃねーよ」

キリリと口を結んだ綾乃の横顔には、人をよせつけない影がさしていた。バカでヤンキーでカワイイ、俺の知ってるふだんの綾乃とは別人だった。それで俺は、十七歳の俺は……。

その影の理由を知りたいと思った。一生かかっても綾乃を知りたいと願ったんだった。

俺と澄子さんが病院に戻ると、綾乃は待合室のソファでふてくされていた。

「急患だからベッド空けてくれって、部屋を放り出されたんだ。『もうだいじょうぶでしょう』ってさ。あーあ。こんなことなら、アタシもついていきゃよかったよ」

そして頬をふくらませたまま、俺から目をそらす。

「お墓、行った？」

かぼそい声だった。俺は安心させるように笑う。

「行ったよ。澄子さんから話も聞かせてもらった」

綾乃は動かない。俺も澄子さんも見ないまま、言葉をしぼりだす。

「アタシ、幼稚園も小学校も皆勤賞だった。中学も授業はサボったけど、休みはしなかった。でも……おばあちゃんのヒロシマの話をおかあさんに教えてもらってから、毎年一回、わざわざ遠くの病院で健康診断を受けるようになった。

戦争から何十年も経って生まれて、おばあちゃんもおかあさんも元気だし、自分にあの爆弾の影響は何もないって信じてる。……でも、怖いんだ。ときどき、どうしようもなく、怖くなるときがあるんだ。笑っちゃうよな？」

「綾乃」と俺は呼びかける。愛するオンナのために、ごまかしでも言い訳でもない言葉を探す。

バカみたいに律儀に、バカがつくほど真摯《しんし》に、遠い夏の『戦争』を抱えてきた綾乃に、二十二歳の俺がさしだせる精一杯の言葉を探す。

「結婚しよう。家族を作ろう」

綾乃より早く、澄子さんが鼻をすすった。俺はそのちっさいばあさんに頭をさげる。

「生きててくれて、ありがとうございます」

死ぬよりつらい思いをして澄子さんが生きてきてくれたから、不安と恐怖で折れそうになりながらも命をつないでくれたから、俺は俺の愛するオンナに出会えた。

この国には澄子さんのような人たちが、まだきっとたくさんいる。忘れちゃいけない。あとを生きる者として、俺は言いつづけよう。

ありがとう。今、ココに、あなたが生きててくれて本当に嬉しい。

来るんじゃなかった、日曜のデパートになんか。

エスカレーターのステップを降りながら、千賀子はぼんやりと後悔を感じ始めていた。親子連れや若いカップルが行き交う中で、ザックを背負った山歩き姿の自分が周りから浮いているのはいやでもわかる。婦人服売り場の隅にあるベンチに腰を下ろすと、張りつめていた心がふうっとしぼみ、ふくらはぎや肩にたまっていた疲れがどっと押し寄せてきた。

ふと顔を上げると、売り場の大きな鏡に映る自分が目に入った。

白いピケ帽に小花模様のシャツ。紫外線を避けるためにファンデーションを厚塗りした妙に白っぽい顔。その姿は、どこの観光地に行ってもわんさといる初老の女性そのものだった。昔から「あんなふうにはなりたくない」とひそかに思い続けてきたのに。「女の人」でも「おばあさん」でもない、中途半端に脂ぎった感じが、人生に対して欲深そうでいやになる。

先月、千賀子は六十歳になった。そして夫の壮一郎は、千賀子より二年早く還暦を迎えている。一人娘の雪絵は三年前に結婚して家を出たので、今は夫婦だけの暮らしを送っている。

二人が結婚してからちょうど三十五年になる。千賀子は若いころ、こんなふうに信じていた。たとえば二人とも六十を過ぎれば、水墨画のようなおだやかな老夫婦になれるのだと。けれどいざその歳になってみると、千賀子はあっさりと枯淡の境地に入れず、自分の老いを認めることもできずにいる。だから、さっきのようにちょっとしたことで腹を立ててしまうのだろう。

居心地の悪い気分を抱えたまま、わけもなく携帯電話を取り出してみる。着信はなかった。自分は誰からも求められていないのだ、もちろん夫からも。千賀子は破れかぶれな思いで、携帯電話の電源を切ってしまった。

「お前も老けたなあ……」

休日の上り電車は、夕方の四時を境に行楽地帰りの客で混んできた。並んでつり革につかまっているとき、ふとこちらへ向き直った夫からしみじみと言われた。体も心も歳を重ねたのはわかっていても、夫から改めてこんなふうに言われて、頭がかっと熱くなった。

「そりゃ、あなたは若くて元気よね。あんな山歩きはわけもないでしょうよ。でも、だったらこっちに合わせてもっとゆっくり歩いてくれたっていいでしょう。あれじゃ一人で参加したみたいだったわよ。ほかのご夫婦はみんな二人で歩いてるのに」

千賀子と壮一郎は今日、シニア向けの一日トレッキング体験教室に出かけてきたのだった。

壮一郎が会社を定年退職してから二年。気がつけばぼんやりしていることが多くなった夫を励ましたくて、区役所でポスターを見つけた千賀子が、渋る壮一郎をなんとか誘いだした。壮一郎は学生時代、一年の半分は山岳部仲間と沢登りに明け暮れる生活を送っていたという。社会に出てからはすっかり遠ざかってしまっていたが、若いころ好きだった山の空気を吸えば、うつろな夫の瞳に少しは輝きが戻るかもしれない。

今日の参加者は、千賀子たちのほかに中高年の夫婦が三組と、女性四人のグループが一組だった。電車で二時間足らずで行ける東京近郊の山だが、林道に入ると空気は思いがけず冷たく澄んでいて、足元には幼いころに見たきり忘れていた野の花がひっそりと咲いている。千賀子の心は軽く弾んだ。

壮一郎はよく言えばシャイ、悪く言えばぶっきらぼうな男だし、あからさまにうれしそうな表情など見せはしないだろう。でも、「来てよかったでしょ」「ん、まあな」なんて何気ない言葉をかわしながら二人で歩ければ十分だ。千賀子はそう割り切っていた。

けれどそんなささやかな期待も、壮一郎の思いがけない行動ですぐに裏切られた。昔の血が騒いだのか、千賀子からも参加グループからも離れて、一人でどんどん先に歩いていってしまうのだ。千賀子がぬかるんだ道に足を滑らせかけたときも、そばを歩いていたご夫婦は心配してくれたが、夫はそこにはいなかった。そして昼食のとき、泥だらけになった妻のトレッキングシューズを見て「そそっかしいな」と一言もらしただけだった。

山を降りる道すがら、女性グループの一人から「ご主人、お元気ねえ」とささやかれたのを思い出した。ひがみかもしれないが、今考えるとあの言い方には「夫婦で来てるのに、最後まで置いてけぼりなのね」というニュアンスが含まれていた気がする。そして今は、「老けた」という夫からの言葉。久しぶりに体を動かした疲れも相まって、千賀子はあふれ出す気持ちをもう心にとどめておくことができなかった。

「山になんて誘って悪かったわ。ほかのご夫婦みたいに仲良く歩くなんて、うちにはもともと無理だったのよね。どうせ私なんかとじゃいやでしょうよ。私みたいなおばあさんとじゃね」

「そういう意味じゃない……」

壮一郎が何か言いかけたところで、電車が次の駅に停まった。千賀子は夫に背を向け、人をかきわけてさっさとドアの方へ歩き出す。

「どこ行くんだ」

「私だって好きなとこに行くわよ」

千賀子はこんな捨てぜりふを残して、一人で電車を降りてしまったのだった。

家に帰り着いたのは、七時になろうとするころだった。鍵を開けて玄関の中に入ると、千賀子はことさらに明るく「ただいま」と電気のついている居間に向かって声をかけた。人工的な笑い声がかすかに聞こえる。夫がテレビでクイズ番組でも見ているのだろう。

結局デパートでは、地下の食品売り場で壮一郎の好きな老舗店の和菓子を買っただけだった。久しぶりに服でもパッと買ってやろうとしばらくうろついたが、「そういえばあの人のスーツ、クリーニングに出しておかなきゃ」などと夫のことばかりが気になって引き上げてきたのだ。

今日は疲れたし、二人でお寿司でも食べに行こう。意地っぱりな壮一郎はきっと、さっきの失言を謝ったりしないだろう。それでも構わないと千賀子は思った。自分も子どもじみたことをしてしまったのだし、今回は折れてあげよう。そうやって私たちは、また日常に戻っていく。凪いだ毎日に少し波風を立ててしまった今、いつもと同じ生活をまた始められることに、千賀子はささやかな喜びを感じた。

居間に夫の姿はなかった。たばこでも買いに行ったのだろうか。少し拍子抜けしながらテレビを消すと、部屋の静けさが妙に気になった。けれどその中で、かすかだがやけに耳につく音があった。不規則な息づかいだ。

「あなた？」

いやな胸騒ぎを感じて、千賀子は部屋をぐるぐると歩き回った。そして、まさかと思いながらソファーの後ろへ回り込むと、ダンガリーシャツの背中が目に飛び込んできた。壮一郎がうつ伏せに倒れている。千賀子は小さく叫び声を上げ、夫の肩に手を置いた。

「あなた……壮一郎さん……しっかりして！」

壮一郎の体は温かく、首筋に手を当てるとしっかりと脈を感じることができた。でも、だからこそ千賀子は心臓をつかまれたような気分になった。もしもこの体が冷たくなってしまったら……自分はどうしたらいいのだろう。


それからはもう無我夢中だった。何度も番号を間違えたがとにかく救急車を呼び、娘の雪絵に連絡をとった。

倒れてからどのくらいの時間が経つのか救急車の中で尋ねられたが、千賀子はきちんと答えることができなかった。あのとき自分が電車から降りたりしなければ。夫といっしょに帰宅していれば……。たった一人で発作に苦しむ夫の姿が何回も思い浮かんで、震えが止まらなくなった。

病院へ着くなり、壮一郎はオペ室へ運び込まれた。千賀子はそばのベンチにへなへなとくずれ込んだ。うつむくと、泥のこびりついたシューズが目に入る。さっきまで夫も山歩きをしていたのだ。グループの誰よりも早足で、自分の方がよほどへたばっていたというのに。こんな納得のいかないことってあるだろうか。

そのとき、エレベーターの音が静まりかえった廊下に響いた。ドアが開いて、転がるように降りてきたのは雪絵だった。小走りでベンチの方へやって来た雪絵は、オペ室のドア上に灯った「手術中」のランプにはっと目を留め、それから千賀子の顔をじっとのぞき込む。夕飯のしたくをしていたのだろう。髪や服からかすかにバターの匂いが漂った。

「楓《かえで》ちゃんは？」

「哲也が見てくれてる」

雪絵と哲也の夫婦には、去年女の子が生まれた。名付け親は壮一郎だ。若いころに山で目にした燃え立つような楓の紅葉が忘れられず、秋生まれの初孫に「かえで」という名前を選んだのだ。雪絵は「だったら〝もみじ〟の方がかわいいのに」と少し不満だったようだが、父親である哲也は「上品できりっとしてていい名前だ」と気に入り、結局その名前に決まった。

「……今日ね、二人で区の山歩きに行ってきたの。お父さんてば、一人で先にどんどん行っちゃうんだもの。お母さん、肩身が狭くてしかたなかったわよ。おまけに、お母さんがちょっと出かけてる間に、こんなふうにあてつけみたいに倒れたりして。本当に勝手よねえ」

「お母さん……」

ぽつりぽつりと話しているうちに、千賀子は自分でも何を言っているのかわからなくなってきた。こんなことを言いたいわけじゃない。それは頭でわかっているのに、しゃべり出したら止まらなくなった。

「だいたいお父さんは勝手なのよ。あんたが生まれたときだって病院にいてくれなかったし、あんたがはしかにかかったときだってそう。ずっと仕事ばっかりして。わかってるわよ、お父さんがうちのために一生懸命頑張ってくれてたのは。だけど、やっと二人でゆっくりできると思ったらこんなことになって……。まったくどこまで自分勝手なの」

とりとめもなく壮一郎への愚痴を娘にこぼすうちに目頭が熱くなって、言葉にも嗚咽が交じった。本当に思っていることは「生きていてほしい」という、ただそれだけなのに。その一言がどうしても口に出せないまま、千賀子はあふれてくる涙を止めることができなかった。

「お母さん……大丈夫だよ。お父さんてば、その……運だけは強いもん。ほら……お母さんも私も牡蠣にあたったときだって、お父さん一人でピンピンしてたじゃない。絶対に大丈夫だから」

雪絵がしっかりと手を握ってくれる。その温かさが千賀子の心を少し落ち着かせた。泣いてもいい。わけのわからないことを口走ってもいい。手術室で闘っている壮一郎を、自分たちも一生懸命に待てばいいのだ。

それからどのくらいの時間が経ったのか。涙がすっかり乾いてしまったころ、雪絵に「お母さん」と肩を叩かれた。「手術中」のランプが消えたのだ。ほどなくオペ室の扉が開き、青い手術着を着た医師が姿を現した。千賀子は雪絵に支えられながら立ち上がり、二人は医師の方へ駆け寄っていった。

「手術は成功しました」

こわばっていた千賀子の頬が思わずゆるむ。雪絵もふうっと息をついた。しかし、医師の言葉はそれで終わりではなかった。

「ただ、意識が戻ってもある程度の後遺症は覚悟しておいてください」

ふっと医師の顔がぼやける。気がついたら膝から力が抜けて、床に座り込みそうになっていた。雪絵が両肩をしっかり支えてくれる。もしも一人で電車を降りなかったら。壮一郎といっしょに帰宅していたら。救急車に乗っているときからの後悔が、また頭の中をぐるぐると回り出す……。

雪絵にはそのまま病院にいてもらい、千賀子はひとまず帰宅した。今夜は病院に泊まるとしても、壮一郎の着替えなどを用意しておかなければならない。雪絵も頑張ってくれているのだから、私だってしっかりしなくちゃいけない。千賀子は気力を振り絞ってなんとか荷物をまとめ、病院へ戻るため大通りへ出てタクシーをつかまえた。

夜の道はすいていて、信号やネオンはなめらかに後ろへ流れていく。こちこちにこわばっていた気持ちがようやく少しほぐれてきた。気がつけばもう十時を回っている。雪絵もそろそろ帰らなくてはいけないだろう。「もうすぐ病院に着くからね」と連絡しておこうかと、千賀子はバッグから携帯電話を取り出したところで思い出した。

そういえば、一人で立ち寄ったデパートで電源を切ったんだった。ほんの数時間前のことなのに、もう遠い昔のように感じられる。その後に待っていたできごとがまた思い出されて、喉元あたりにじわじわと苦いものがこみ上げてきた。重い気持ちを引きずったまま、千賀子は電話の電源ボタンを押す。

するといきなり、オルゴールのような音が車内に鳴り響いた。メールの着信音だ。まさか壮一郎に何かあったのだろうか。千賀子は少し緊張しながらボタンを操作し、メールを開いてみた。

「さっきはすまなかった。

お前も私も歳を取ったと言いたかったんだ。

早く帰ってこい」

誰から来たものかは、発信者名を見なくてもわかる。ごつごつした謝罪の言葉が一文字ずつ、ひたひたと胸に染み込んでくる。形にならないさまざまな思いが、大きな雨粒になって千賀子の心をとめどなく濡らした。

夫は本当に自分を許してくれるのだろうか。一人ですねて家へ帰らなかったばかりに、取り返しのつかないことをしてしまった私を……。

病院に着くまでの短い時間、タクシーの座席で声を殺して泣きながら、千賀子はひたすら願い続けた。

壮一郎さんがちゃんと目を覚ましますように。私の方からも「ごめんなさい」が言えますように。

壮一郎の意識は翌朝に戻った。

千賀子の姿を認めると、壮一郎はぱちぱちとまばたきをして何かを思い出すような表情になった。千賀子は飛び上がって叫び出したかったけれど、夫をびっくりさせてはいけないと必死に笑顔をつくった。ナースコールボタンを押して看護師を呼ぶと、枕元に顔を近づけてささやいた。

「あなた、昨日はごめんね。一人にして」

すると夫は少し目を細めて、笑うようなしぐさを確かに見せた。千賀子の願いは叶えられたのだ。

「また山歩きに行きましょ。今度は私も頑張って歩くから、ね？」

夫は少し疲れたのか、目尻を下げたまま軽くまぶたを閉じる。ちょうどそのとき、雲が切れて柔らかい朝日が病室に射し込んできた。

自分のせいで夫に大変な思いをさせてしまった。その事実は変えようがない。でも、ずっと一緒にいれば償っていくことができる。これからたっぷり時間をかけて……。

昨日からの緊張がほぐれて、千賀子も不意に軽い眠気を感じた。ふわあ、と小さいあくびが思わずもれる。ぼんやりした意識の中で、夫がくすっと笑うのが聞こえた。


辛抱強いリハビリのおかげで、壮一郎は順調な回復ぶりをみせた。思うようにならない自分の体にやけを起こすこともあったが、千賀子が静かに夫を励まし続けたのだった。そうして一年経つころには、壮一郎は左腕に軽いしびれを残すぐらいになり、言語障害もほとんどなくなった。

そして、風が急に冷たさを増した十月のある日曜日。二人は思い出の場所へ出かけたのだった。

「急がないでいいわよ。きついところは私の肩につかまってね」

去年参加したトレッキングでは、一行は少し上りのきつい中級者向けのコースを選んで歩いた。でも二人で歩く今日は、千賀子が事前に調べておいたゆるやかなルートに決めた。道中には休憩所もいくつかあり、のんびり歩くにはうってつけだ。

千賀子が先を歩き、足元が危なくないかを確かめる。その数歩後ろに壮一郎が続く。スローペースの二人を、途中で何組かの若いカップルが追い抜いていった。それでも千賀子と壮一郎は、急がずに土の道を踏みしめながらゆっくりと進む。先へ行くことが目的ではなく、二人で歩くことが大切なのだとわかっているからだ。色づき始めた木々や、野鳥の鳴き声を楽しみながら。

そうして三十分ほど歩いたころ、千賀子の歩みはさらに遅くなっていた。「何かあったときは夫を守らなければ」という緊張のせいで、疲れを急速にためてしまったのかもしれない。呼吸が乱れ、膝ががくがくして足をうまく上げられなくなってきた。壮一郎の方は若いころに山歩きのコツをつかんでいるせいか、上手に一定のペースを守っている。そしてブナの木陰にベンチがあるのを見つけると、こう言ってくれた。

「少し休もうか」

自分が夫を引率してきたつもりだったのに、気がついたら立場が逆になっている。そのことは情けないけれど、夫の申し出が千賀子にはありがたかった。二人並んでベンチに腰を下ろすと、夫がザックから板チョコを取り出し、大きなかけらをぽきんと折って手渡してくれた。

「ああ、おいしい」

甘いチョコレートを口に含むと、疲れが飛んでいく気がする。千賀子は思わず顔をほころばせた。そのようすを見ていた夫が静かに口を開く。

「お前も……」

千賀子は思わず笑顔になった。聞き覚えのあるせりふだったからだ。

「……老けた？」

「いや、その……雪絵に似てきたな」

夫は倒れてからしばらくの間、言葉がうまく出てこないことも多かった。言語リハビリを欠かさなかったおかげで、今ではだいぶなめらかに話せるようにはなってきた。でも、耳に心地よい言葉一つ口にできない性格は変わらない。たぶん壮一郎にとっては、今の一言が妻に対する最大限のほめ言葉なのだろう。

「違うわよ、雪絵が私に似てきたの。あ、わかった。お前も雪絵に負けてないぐらい若いな、って言いたいんでしょ」

「そういう意味じゃない……」

お世辞なんか言ってもらわなくてもいい。こうして二人でいられれば、目線やしぐさやいろいろな方法で気持ちを伝え合うことはできるのだから。でも、不器用な夫の言葉が、今はチョコレートのように千賀子の体中に染み込んだ。

「あなたも若いわよ。十分にね」

「何を言ってるんだ」

軽口を叩いているうちに、千賀子はだいぶ元気を取り戻すことができた。一足先にベンチを離れた壮一郎が、「ほら」と手をさしのべてくれた。

夫の手を取り、わざと「よいしょ」とかけ声を上げながら立ち上がる。しばらくは平坦な道が続くのを幸いに、千賀子は夫の手をそのまま離さず手をつないで歩くことにした。壮一郎はちょっと照れくさそうに顔をしかめたが、それでも千賀子の手をそっと握り返してきた。

「いい気持ち。秋もいいけど、春もきれいでしょうね」

「今度は雪絵たちも誘うか」

楓も連れて親子三代か。五人でにぎやかにお弁当を広げる情景が一瞬浮かんだが、すぐに千賀子は思い直した。

やはりここへは二人で来よう。雪絵たち夫婦は自分たちの場所を見つければいい。そして幼い楓もいつか誰かと歩くようになり、二人で歳を重ねていく……。

ぼんやりそんなことを思いめぐらしていた千賀子は、うっかり木の根に足をとられて転びそうになった。壮一郎があわてて支えてくれようとしたが、しびれの残る左腕に力が入らなかったようで、二人はもつれるようにして地面に倒れてしまった。

「大丈夫か」

「……まあね」

転んだといっても平らな道だし、土の地面だから痛くはない。夫に覆い被さるように倒れてしまった自分の恰好がおかしくて、こんなときだというのに千賀子は少し笑ってしまった。壮一郎の方も、口では「重たいぞ」と言いながら笑みを浮かべている。

二人はもう一度、どちらからともなく、くすっと笑った。

板垣さんのやせがまん

板垣《いたがき》さんはたてつづけにくしゃみして目覚めた。鼻をすすり、伸びをする。もうだいぶ日が高い。体が痛いのは、キッチンの床の上で寝てしまったせいだろう。頭が痛いのは、二日酔いのしるしだろう。ひとりで深酒なんて何年ぶりだろうか？　板垣さんは寝癖のついたごましお頭をかきつつ、腹まわりの気になるわが身を見下ろした。

モーニングタイははるか彼方に投げ飛ばされ、ワイシャツのボタンも二つほどなくなっている。醜態《しゅうたい》だ。荒井のご主人から借りたモーニング、ベスト、ズボンの三点セットを酔っぱらう前に脱いで、きちんとハンガーにかけておいたことが、せめてもの救いだった。

板垣さんは冷たい水でじゃぶじゃぶと顔を洗い、ついでに歯磨きもしてから、寝室に向かう。寝なおすわけではない。そこに置かれた仏壇の前まで挨拶にいくのだ。灯明《とうみょう》をつけ、線香を焚《た》いて、手を合わせる。

「ようっ。腰の重い娘がやっと片付いたぞ」

仏壇の脇に置かれた写真立ての中で、奥さんの早苗《さなえ》さんが笑っていた。三十五歳で時間を止めた愛する人の前で、板垣さんはそわそわと寝癖をなおす。

「まあ、喜んでやれ」

写真の早苗さんは変わらず笑顔のままだ。「おとうさんもね」となつかしい声が響いた気がして、板垣さんは肩をすくめる。

「俺はせいせいしたよ」

板垣さんのやせがまんは、わりにバレやすい。


熱いシャワーを浴び、爪先までしみこんだ酒を追い払って出てくると、リビングのほうからクーンクーンと鼻を鳴らす声がした。見れば、茶色い毛の小さなムク犬が、ケージの中で伸び上がるように二本足で立っていた。

「ようっ、しゃもじ。メシの時間だな？」

板垣さんがもったいぶってケージの扉をひらくと、「しゃもじ」と名づけられた犬はのんびり体をゆすりながら出てきた。クンクンとひたすら鼻を動かしながら、板垣さんに近づく。

板垣さんはしゃもじを抱き上げてキッチンに入り、ぐるりと見渡した。

食器棚、シンクの下の引き出し、床下収納庫、ありとあらゆる収納場所にラベルシールが貼られていた。それぞれに『片手鍋』『蒸し器』『中華調味料』『缶詰』等、几帳面な文字が記されている。キッチンに不慣れな板垣さんのために、娘の美沙子《みさこ》さんが残していってくれたのだ。板垣さんは老眼鏡をかけて『ドッグフード』の文字を探す。視界がはっきりすると、美沙子さんが貼ったラベルシールの下や横に、別のシールをはがした跡がうっすら見えて、板垣さんは少々せつなくなる。


二十三年前、板垣さん家《ち》はキッチンだけでなくすべての部屋がラベルシールだらけだった。心臓の手術をすることになった早苗さんが、入院前日の夜中までかかって貼ったのだ。

「これでだいじょうぶ。わたしがいなくても、探し物は見つかるはずよ」

そう言って誇らしげに笑った早苗さんを、板垣さんが怒鳴りつけた。

「バカヤロー！　ラクするんじゃねーよ。とっとと治して帰ってこい」

板垣さんは知っていた。早苗さんの手術の成功率が限りなく低いことを。それでも、また家族三人で暮らせる可能性を信じたかったのだ。信じなきゃ、やってられなかった。

早苗さんもまた、自分の手術が難しいことを知っていた。妻としては、夫の胸で思いきり泣きたかったことだろう。けれど、早苗さんは十歳になったばかりの娘の母親でもあった。最悪の事態に備えつつ、冷静にそして朗らかに娘と接しつづけた。

「おとうさんをよろしくね」

入院する日の朝、板垣さんには内緒で、早苗さんは小さなノートを美沙子さんに手渡した。ノートには早苗さんがふだん作っていた何気ない、でもちゃんと板垣さん好みの味つけになっているレシピがたくさん載っていた。


『ドッグフード』は炊飯器が載ったワゴンの一番下の段にあった。板垣さんはしゃもじ用の食事マットを所定の位置に敷き、その上に飲み水とお湯でふやかしたドッグフードを出してやる。食事の回数や与え方、「待て」「よし」の号令まですべて美沙子さんに教わったとおりにやった。

しゃもじのスローペースな食事が終わる頃、チャイムが鳴った。玄関をあけると、荒井の奥さんが小さな鍋を抱えて立っていた。

「ああ、起きてたの？　新聞そのままだったから、まだ寝てんじゃないかと思ってた」

甲高い早口でまくしたてながら、朝刊を渡してくれる。

「あぁ、どうも」と板垣さんは受け取って、頭を下げた。「昨日はありがとうございました」

荒井夫婦が美沙子さんの仲人をしてくれたのだ。

「仲人ってガラじゃないし」と尻ごみする夫婦の前で、美沙子さんは手をつき「どうしてもお願いしたい」と譲らなかった。「私とおとうさんを、ずっと見てきてくれた人たちだから」と。

そして式当日、荒井夫婦は新調した紋付羽織袴と黒留袖でもって、無事大役を果たしてくれた。奥さんは美沙子さんの門出を喜んで、参列者の誰よりも一番先に泣いてくれた。

「いい式だったねえ。飛行機はいつ発《た》つんだい？　見送りにいかなくていいの？」

「いきませんよ。ガキじゃあるまいし」

そう言って肩をそびやかした板垣さんに、荒井の奥さんは微笑んでうなずく。

「どんな国でも、美沙子ちゃんならうまくやっていけるよ」

板垣さんが口に出せない不安を、奥さんはちゃんとわかっていた。励ますように、板垣さんの背中をパンとはたき、持ってきた鍋を突き出す。

「はいコレ、卵雑炊」

式場ではほとんど酒に口をつけなかった板垣さんが、夜ひとりになった家でしたたか飲みつぶれたことなど、お見通しらしかった。

「作りすぎちゃったんでね」と付け足してくれるところが、荒井の奥さんのやさしさだ。

板垣さんは「助かります」と受け取って、帰っていく奥さんの背中を見送った。

早苗さんが死んだとき、真っ先に駆けつけてくれたのが、商店街の小さなマーケット『スーパーアライ』を切り盛りする荒井夫婦だった。彼らの娘が美沙子さんと同級生ということもあって、以来何かと気にかけてくれた。そして気にかけるゆえ、口を出してくることも多かった。結婚してからずっと、下町の濃密な近所付き合いを早苗さんにまかせてきた板垣さんである。最初は夫婦のやさしさがお節介に思えて、なかなか素直に耳を傾けられなかった。荒井の奥さんが時折持ってきてくれる手料理も、同情の押し売りに感じていた。

早苗さんが亡くなって二年が経った頃、板垣さんは自分の財布からお金が抜き取られていることに気づいた。微々たる金額だったが、たしかになくなっていた。すぐには信じられなかった。信じたくなかった。美沙子さんに「知らないか?」と尋ねたときも、「空き巣であってほしい」と祈っていた。しかし、美沙子さんは「私が盗《と》った」とあっさり認めた。

「その金、何に使ったんだ?」

板垣さんの問いに、美沙子さんは答えなかった。目のふちを赤くして、唇をまっすぐに結んで父親を見上げていた。自分によく似たその顔を、板垣さんは叩いた。娘に手をあげたのは、そのときが最初で最後だ。

「出ていけ!」

板垣さんに怒鳴られ、美沙子さんは黙って家を飛び出していった。ひとりになった板垣さんは頭を抱えた。娘の頬のやわらかい感触がいつまでも掌に残り、じんじんとしみた。


その日の晩、タッパーを抱えた荒井の奥さんに連れられて、美沙子さんが家に帰ってきた。混乱したまま怒鳴りちらす板垣さんを奥さんがなだめている間に、美沙子さんは自分の部屋からスーパーアライの紙袋を持ってきて、板垣さんの前に置いた。

「あけてみて」と荒井の奥さんに言われ、板垣さんは袋の中身をぶちまけた。そして言葉に詰まった。玄関に転がったのは、ナプキンやショーツなど生理用品一式だったのだ。

「おとうさんのお金で、美沙子ちゃんはそれを買ったのよ」

荒井の奥さんは、父娘《おやこ》の顔を交互に覗きこみながら話した。

「黙ってお金を抜くのはいけないことだってちゃんとわかってたんだけど、おとうさんに説明するのがどうしても恥ずかしかったんだって。ね、美沙子ちゃん?」

「ごめんなさい」と小さな声で謝る美沙子さんを、板垣さんは思わず抱きしめていた。娘がどれだけ心細かったか考えると、抱きしめずにはいられなかった。

板垣さんは美沙子さんのまだすこし赤い頬を撫でて「痛かったか?」と聞いた。その声は震えていた。美沙子さんが強くかぶりを振る。ずっとこらえていた涙がぽろぽろこぼれた。

美沙子さんの背中をさすりながら、荒井の奥さんはタッパーをさしだした。

「おばちゃん、赤飯炊いてきたからね。美沙子ちゃんも板垣さんも、たくさんお食べ」

ほくほくの赤飯が入ったタッパーを、美沙子さんより先に板垣さんが受け取り、頭を下げた。

「ありがとうございます」

こうして、板垣さんは人に頼ることを覚え、ゆっくり早苗さんの死を乗り越えていった。

「俺に言えないことは、荒井の奥さんに相談しろよ」

難しい年頃を迎えた美沙子さんに、板垣さんはよくそう言ったものだ。


卵雑炊を食べ、家中を掃除しても、時計の針はなかなか進まなかった。新聞の詰め将棋をやってみたが、集中できない。ついに、板垣さんは部屋の隅にいるしゃもじに話しかけた。

「よう。散歩いくか？」

外に出ると、空には鉛色のぶあつい雲がたれこめていた。今にも雪が降ってきそうだ。しゃもじは耳をピンと立て、鼻をひくつかせながら慎重に足を運ぶ。マンホールや舗装などで足裏の感触が変わるたび、戸惑ったように立ち止まり、板垣さんが「だいじょうぶだ」と言うまでけっして動こうとしなかった。首をかしげて板垣さんを見上げるしゃもじの瞳はつぶらで可愛いが、そこに映るものは何もない。しゃもじは生まれつき、目の見えない犬だった。

反抗期を素通りした美沙子さんだったが、高校生のときに一度だけ、三日間のハンガーストライキを決行したことがある。

ある日、板垣さんが会社から帰ると、美沙子さんが毛むくじゃらの物体を抱いて待っていた。

「なんだ、そのデカい毛糸玉は？」

これが、まだ名前のなかったしゃもじを見た板垣さんの第一声である。

「生い茂る」と表現していいほど密集した茶色い毛がからまり、ほつれ、毛玉になってたれさがっていた。おまけに体全体がひどく汚れて、臭かった。怯えているらしく、板垣さんの大きな声を聞いただけで、ぶるぶる震えて小便をたれた。

「捨て犬だよ。目が見えてないみたいで、あちこちぶつかって危なかったから拾ってきた」

美沙子さんは「私が育てる」と宣言した。板垣さんは「冗談じゃねーよ」と突っぱねた。

「生き物だぞ？　命をあずかる責任の重さをわかって言ってんのか？　第一、目が見えない犬なんて苦労しょいこむだけだ」

板垣さんがどれだけ言っても、美沙子さんの意思は変わらない。一歩もひかないまま、ついには「おとうさんが賛成してくれるまで」とハンガーストライキに突入してしまった。

美沙子さんが貧血を起こした三日目、板垣さんはついにしびれを切らし、本音を叫んだ。

「頼むから、飼わないでくれ。犬は俺たちより先に死んじまうんだぞ！」

板垣さんの叫びは悲鳴のように聞こえた。人間であれ動物であれ家の者が先に死ぬのを、板垣さんはもう見たくなかったのだ。すると美沙子さんは静かに言った。

「覚悟はできてる。この犬も、おとうさんも、私がいつか看取《みと》るんだよね。そういう順番なんだよね。わかってる」

美沙子さんの深い覚悟を知って、板垣さんの力は抜けた。

「勝手にしろ！　俺はいっさい面倒見ねーからなっ！」

そう遠吠えするのが精一杯だった。


美沙子さんは板垣さんに宣言したとおり、根気強く子犬に愛情をそそいだ。お風呂とコーミングを怠らず、小遣いを貯めてトリミングにも連れていった結果、子犬の外見は小熊のぬいぐるみのようになった。一方、小便をところかまわずたれ流す癖は、なかなか直らなかった。美沙子さんは床に黄色い水たまりを見つけるたび、もくもくと拭き取り、消臭スプレーをかけた。そしてやさしい言葉で子犬をトイレまで誘導した。

そんな子犬との日々が、はからずも美沙子さんの進路を決めた。もともと理系だったが、志望を獣医学部に絞ったのだ。

「動物を救える技術がほしい。そして、その技術を必要とする動物たちと生きたい」

将来を考えたことのなかった美沙子さんにとって、これは大きな転機となった。

美沙子さんが一浪ののち晴れて志望校に合格し、学生生活を謳歌しだす頃には、子犬は成犬となり、トイレを覚え、長い留守番もできるようになっていた。


公園が近づき、道がアスファルトから石畳に変わると、しゃもじは立ち止まって小さく吠えた。「だいじょうぶだ。危なくねぇよ」と板垣さんがリードを引っ張ってみるが、頑として動かない。板垣さんはおおいに焦った。しゃもじと散歩するのは今日がはじめてなのだ。

「おい。どうしたんだよ？　怒ってんのか？　腹痛《いて》ぇのか？」

そこへシェパードを連れた女性が通りがかり、「しゃもじちゃん」と声をかけてくれた。

「水が飲みたいんですよ、きっと。いつもママといっしょに公園で一息入れてましたから」

犬の散歩仲間らしい。「ママ」が美沙子さんを指していると気づくまで時間がかかった。板垣さんが礼を言って公園に向かって歩きだすと、果たして、しゃもじはいそいそついてくる。

喉を鳴らして公園の水道水を飲んでいるしゃもじを見ながら、板垣さんは美沙子さんがこの公園で泣いていた晩のことを思い出す。

美沙子さんが大学を卒業し、都内の動物病院で働くようになって三年目の春、夜もだいぶ更けてから「しゃもじの散歩にいってくる」と飛び出していったことがあった。そのまま0時をまわっても帰ってこない。そもそも美沙子さんはいつも犬の散歩を出勤前の早朝にしていたはずだ。一体何があったのかと板垣さんはやきもきして探しに出た。そしてこの公園に辿りつき、ベンチで泣いている美沙子さんを発見したのだ。

美沙子さんの前では、しゃもじが耳をたれて伏せていた。そして、すこし離れたブランコに若い男が座っていた。

板垣さんはとっさに身をひそめた。いろいろな心配が頭をよぎった。腹の底が熱くなったり冷たくなったりした。けれど結局、「美沙子ももう大人なんだ」と自分に言い聞かせ、にぎった拳《こぶし》をひらいて、そのまま家に帰ったのだった。帰り道はやけに遠かった。

しばらくして、板垣さんは荒井の奥さん経由で、美沙子さんが学生時代から長く付き合ってきた男性と別れたことを知らされた。北海道へ転勤することになった彼から「ついてきてほしい」と頼まれたのに断ったことが原因らしい。

「美沙子ちゃんは今、仕事に燃えてるからね」と荒井の奥さんは言ってたけれど、板垣さんは仕事が原因ではないと思った。美沙子さんの手足を縛ったものがあるとすれば、それは自分だと気づいた。美沙子さんは板垣さんが心配で、この下町を離れることができなかったのだ。あの公園での涙を見れば、美沙子さんがどれだけ苦しい選択をしたかよくわかった。

娘を守り、育ててきたつもりが、いつのまにか自分が心配され、世話を焼かれる側になっていた。板垣さんは美沙子さんに面と向かって「いっしょにいてくれ」と頼んだことは一度もない。けれど、そう思ったことがないといえば嘘になる。掃除や洗濯はしても料理だけは頑《かたく》なに覚えようとしなかったのも、「ひとりじゃ無理」な部分を残しておきたかったからではないか？「ひとりじゃ無理」な自分を見せることで、美沙子さんを家につなぎとめようとしていたのではないか？


「俺はよぅ、あのとき決めたんだ」

公園を抜けて街路樹の下を歩きながら、板垣さんはつぶやく。しゃもじが耳をすませている。

「二度と娘の人生の邪魔はしたくねえって」


板垣さんが休日の昼ごはんを担当するようになったのはそれからだ。鍋や調味料の収納場所はなかなか覚えられなかったけれど、簡単料理のレパートリーを手堅く増やしていった。

そして、子どもの頃好きだった将棋もふたたび始めた。町のサークルに入り、週末は将棋サロンへ通った。美沙子さんから自立するために探した趣味だったが、思いのほか楽しく、もともと研究家肌で凝り性な板垣さんはのめり込んだ。三年前に定年を迎えてからは、将棋が生活の中心になっている。そして、美沙子さんの生活にもあたらしい風が吹きはじめた。

「今日からうちの病院に、すごい先生が来ることになったんだよ」

一年前、将棋サロンから戻った板垣さんに、美沙子さんがめずらしく仕事の話をしてきた。

「ホリスティックケアに力を入れてる人でね、コンパニオンアニマルだけでなく、アフリカで保護された野生動物たちにも、ハーブやレメディなんかの自然療法をしたいと言ってるの」

ただでさえカタカナに弱い板垣さんだ。専門用語だらけの話を理解できるわけがなかった。

「さっぱりわからねーよ」とスポーツ新聞をひろげる板垣さんにはかまわず、美沙子さんは話しつづけた。頼みもしないのに「すごい先生」のすごさの理由を詳しく教えてくれたものだ。

それから半年ほどして、しゃもじが夏バテをきっかけにひどい無気力状態に陥ったとき、美沙子さんは、花巻《はなまき》さんという青年を家に連れてきた。青年は琥珀《こはく》色のボトルに入った液体を水で溶いてしゃもじに飲ませ、たちまち元気にしてくれた。その手腕に板垣さんは感心したが、この青年が例の「すごい先生」だとは、美沙子さんに教えられるまで気づかなかった。

「アンタ、大学生じゃなかったのか?」

板垣さんにそう言われると、花巻さんは童顔をくしゃくしゃにして笑った。

「よく言われますけど、これでも二十九歳なんです」

板垣さんはこっそり計算する。美沙子さんより四つほど年下だった。

「バカヤロ。笑ってる場合か？　若く見えるのは頼りねぇからだぞ」

板垣さんの口の悪さに気を悪くした様子もなく、花巻さんは「そうかもしれません」と素直にうなずいた。そしてテーブルの脚にぶつかりそうになっていたしゃもじを、すばやく抱き上げると、「おとうさんに話がしておきたいことがあります」と小さな声で、でもはっきり言った。

「ぼくは今度、ケニアに渡って野生動物の専門医となる予定です。美沙子さんにもお手伝いしていただきたいと願っています。そして、仕事上だけでなく、私生活でも彼女にパートナーとなってもらいたいのです」

唐突なプロポーズに毒気を抜かれた板垣さんに代わり、美沙子さんがあわてた。

「ちょっと！　いきなり何言い出すの？　申し出はありがたいけど、前も断ったでしょ？　私はここを離れません。しゃもじの世話があるの。あの子はもう高齢で、飛行機の長旅や環境の変化に耐えられないからケニアには連れていけないわ」

花巻さんと板垣さんを交互に見ながら、美沙子さんは早口でまくし立てた。

「約束したのよ。最期まで私が面倒みるって」

三人を沈黙が覆う。最初に耐えられなくなったのは、板垣さんだった。

「俺がいるじゃねえか。コイツは俺にまかせて、おまえは花巻さんと……」

「嫌よ！　おとうさんにしゃもじの世話ができるの？　仲良くやれるの？　無理でしょ？」

ふたたび沈黙が降りると、花巻さんがやんわり美沙子さんをなだめ、抱いていたしゃもじを床におろした。ひとなつこい笑顔を板垣さんに向け、「呼びかけてみてください」と頼む。

「……よぅ」

板垣さんのぶっきらぼうな呼びかけに、しゃもじはピクンと耳をすまし、鼻をひくつかせ、板垣さんの匂いを探して歩み寄った。足にじゃれつかれ、板垣さんは気まずくそっぽを向く。

「おとうさん……」美沙子さんが唖然《あぜん》として尋ねる。「しゃもじと遊んでくれてたの？」

「ちょっとな。暇なときにちょっとかまってただけだ。世話は一切したことねーぞ。だから」

美沙子さんの目のふちがみるみる赤くなってくる。

「ケニアにいく前に世話の仕方を教えてくれ」と板垣さんが付け足すと、ついに泣き出してしまった。板垣さんはおろおろと美沙子さんを慰めながら、花巻さんに怒鳴った。

「よう！　俺がこの犬をかまってるって、どうしてわかった？」

「ぼく、『すごい先生』ですから」と花巻さんが笑った。

カラオケの反響音が漏れ聞こえる細い路地までくると、しゃもじのリードを引っ張る力が強くなった。鼻を宙に向けて、懸命に何かを嗅ぎわけては歩く方向を調節する。しゃもじがようやく足を止めたのは、おでん屋台の前だった。バンダナを巻いた若い店主が真剣な目で灰汁《あく》をすくう鍋から、おいしそうな湯気が上がっている。しゃもじはこの匂いを目指してきたらしい。

「犬がいるけど、いいかい？」

板垣さんは店主の了解をとってから腰をおろす。時間が早いのか、他に客はいなかった。

「大根、がんも、はんぺん……コイツにもはんぺんとちくわをやってくれ。で、俺に熱燗《あつかん》と」

注文しながら屋台の柱にぶらさがった時計を見て、板垣さんは思わず息をのむ。怪訝《けげん》そうにこちらをうかがっている店主に、肩をすくめて打ち明けた。

「娘の飛行機が発《た》つ時間だ。……結婚して、アフリカで暮らすことになったんだよ」

店主はうなずき、「獣医のお嬢さんですよね？」と尋ねる。板垣さんがおどろいていると、

「ワンコとよく寄ってくれましたから」

店主は熱々のおでんののった皿と徳利を板垣さんの前に置き、感心したように腕組みした。

「ワンコの分まで、注文がお嬢さんとまったく同じですよ」

板垣さんは熱い酒をちろりと舐めて、「親子だからな」とうつむいたまま笑った。

帰りは、板垣さんが年老いたしゃもじをブルゾンにくるむようにして抱いてゆく。

「しゃもじはおでんが好きか？　今度、家で作ってやろう。たしかノートに載ってたはずだ」

早苗さんが遺したレシピノートは二十年の時を経て、美沙子さんから板垣さんにまわってきていた。

「仲良くやろうぜ、なぁ、しゃもじ」と言ってから、その名をつけたのが自分だったことを思い出す。子犬の尻尾を見て、「しゃもじみてえな形しやがって」となにげなく言ったら、その場で美沙子さんが子犬に「しゃもじ」と呼びかけたのだ。父親にすこしでも犬への愛着を持ってもらえたら、と願ってのことだろう。それに気づきながら、美沙子さんの前ではとうとう一度も犬を名前で呼ばなかった。

結婚式で美沙子さんから心のこもった手紙をもらって感動したくせに、鼻で笑ってみせた。すでに日は落ち、ぴりりと尖《とが》った冬の空気が身を刺した。遠い国へ向かって飛びつづけているはずの飛行機を探して、板垣さんは空を仰ぐ。もちろん頭上には何も見えない。美沙子さんにぜったい聞こえないとわかって、はじめてやさしい言葉がかけられた。

「こっちはなんとかなりそうだ。心配すんな。元気でやれよ。しあわせになれ」

不器用な板垣さんからとつぜん降ってきた熱いしずくに、しゃもじがおどろいて身をすくめる。板垣さんはあわてて謝った。

「お、すまんすまん。ただの鼻水だ」

しゃもじは伸び上がり、板垣さんの濡れた頬を探して舐めてくれる。

板垣さんのやせがまんは、やっぱりバレやすいのだった。

僕とりんごとおばあちゃん

おばあちゃんは僕のことが嫌いみたいだ。

ずうっと前から、おばあちゃんは三歳下の妹のアコには優しいけれど、僕には厳しい。たとえば、学校から帰ってくると僕の分だけおやつがなかったりするし、運動会の徒競走で三位になっても「一位じゃなけりゃみんな一緒だよ」と言われたし、算数のテストで九〇点をとっても「足し算や引き算で間違えるなんて考えられないね」と笑われた。

何より、おばあちゃんは僕をほとんど見ない。見るときは、何かすごくいやなものを見るような、恐い目で見る。

僕の何がいけないんだろう?

どうしたらおばあちゃんは、アコに向けるようなしわくちゃな笑顔を、僕にも向けてくれるんだろう?

その日、僕は朝から頭がぼうっとしていた。保健室で熱を測ったら三八℃もあって、昼前に学校を早引けして家に帰ってきた。

玄関に、お母さんは絶対履かないような真っ赤な靴があった。茶の間に行くと、おばあちゃんとヒロ叔母さんが、おまんじゅうを食べながらおしゃべりしていた。ヒロ叔母さんはお父さんの妹だ。

僕に背中を向けていたおばあちゃんは、僕に気づかずに言った。

「しょうがないだろ。嫁の連《つ》れ子を孫だと思えっていうのが、そもそも無理な話だったんだよ」

僕と目が合ったヒロ叔母さんは、まるでお化けでも見たみたいに白目をむいて「ちょっ、お母さん！」とおばあちゃんの腕をつかんだ。

おばあちゃんは振り返って僕を見た。いつもと同じ恐い目で。

「大人の話を盗み聞きするもんじゃないよ、いやらしい」

そう言うと、おばあちゃんは、また僕に背中を向けてずずずとお茶を飲んだ。

僕は、ごめんなさい、と言って自分の部屋に向かった。

……ヨメのツレゴ。

ヨメっていうのはお母さんのことだ。よくおばあちゃんが「うちの嫁は」って言っている。でもツレゴっていうのは初めて聞いた言葉で、僕は意味がわからなかった。お母さんが畑から戻ってきたら聞いてみよう。

「ツレゴ……、ツレゴ……」

僕はキオクリョクが悪いので、その言葉を忘れないように布団の中で呟き続けた。頭がくらくらして、背中がぞくぞくした。

茶の間でおばあちゃんとアコが笑っていて、いいなあ、楽しそうだなあ、と思った。

おでこのひんやりした感覚で、僕は目を覚ました。

「ケン。具合、どう?」

まだほっぺたに泥をつけているお母さんが、僕のおでこに冷たいタオルをのせて、心配そうにのぞきこんでいた。

「うん。大丈夫」

僕はお母さんの顔を見たらホッとして、熱が一℃下がったような気がした。

「よかった。待ってて。今、りんごすってくるから」

「わあ」

うちで作っているムノウヤク・ムヒリョウのりんごは、ものすごく味が濃い。一口食べると、香りも甘みも酸っぱさも、口の中どころか体中いっぱいに広がる。僕は想像しただけで嬉しくなって、熱がまた一℃下がったような気がした。

「あ、そうだ、お母さん」

「ん?」

「ツ……ツ……、ツ……?」

おばあちゃんが言った言葉。あんなに何度も声に出して言ってみたのに、一眠りしたらもう忘れかけている。

「えーっと、ツ……ツレ……」

「ツレ?」

「そうだ、ヨメのツレゴ!」

「……」

お母さんの顔色が変わって、あれ? と思った。

「ヨメってお母さんのことだよね? ツレゴってなあに?」

「……おばあちゃんが言ったの?」

「うん」

「……」

お母さんは、いきなり僕を抱きしめた。その力はすごく強くて苦しかったけれど、お母さんは何度もしゃくり上げて泣いていて、僕は、苦しいよ、と言うことができなかった。


その夜遅くまで、おばあちゃんとお母さんのけんかする声が聞こえてきた。

いつもはけんかっていうよりもおばあちゃんが一方的にお母さんを怒る感じだけど、そのときはおばあちゃんが怒鳴る分だけ、お母さんも言い返していた。おばあちゃんは早口で、お母さんは涙声で、何を言っているのかは全然わからなかったけれど。お父さんもその場にいるみたいで、ときどきおろおろとなだめるようなことを言っていたけれど、おばあちゃんに怒鳴られると黙ってしまっていた。

僕の隣で眠るアコが、ころんと寝返りを打ってこっちを向いた。アコはお母さんに「お兄ちゃん、今日は熱があるから、アッちゃんはあっちで眠ろうね」と言われて他の部屋に連れていかれたのに、「アコ、お兄ちゃんの隣じゃなきゃ眠れない」と言って、枕を持ってこっそりやってきたんだ。

僕は、すーっすーっと寝息をたてて眠るアコの頭を撫でた。アコは肌が白くてつるつるで、真っ白いりんごの花みたいにかわいい。けれど生まれつき心臓にショウガイがあって、時々白を通り越して真っ青な顔になってしまって、一週間くらい病院から帰ってこなかったりする。僕は、アコの具合が悪くなると花がしおれていくみたいで悲しくなるし、アコが元気になるとまた花が咲いたみたいで嬉しくなる。

だから、おばあちゃんが僕よりもアコをかわいがる気持ちもわかるんだ。

次の日の朝早く、まだ空が薄暗いうちに、僕はお母さんにおぶわれて家を出た。僕は寝ぼけていて、たぶんまだ熱で頭がぼうっとしていて、病院に連れていかれるのかなあ、注射はいやだなあ、と思っていた。

目が覚めると、僕は知らない部屋の知らない布団の中にいた。畳とカーテンと小さな和だんすだけのがらんとした部屋で、下からたくさんのおじさんたちが、ガハハハ、と豪快に笑う声が響いてきた。

起き上がって窓を開けると、そこは二階で、すぐ下に「よっちゃん食堂」という古くて大きな看板がかかっていた。僕が毎日前を通っている、小学校の近くのお店だ。びっくりした。どうして僕はこんなところにいるんだろう?

部屋のすみに大きな旅行かばんと、僕のランドセルがあった。旅行かばんは開けっぱなしで、お母さんのブラウスや僕のTシャツが見えた。

和だんすの上に、真っ赤なりんごがふたつ並んでいた。

お母さんはその食堂で白いかっぽう着を着て働くようになり、僕たちは二階の一部屋で暮らし始めた。

「どうしておうちに帰らないの?」

「いつまでここにいるの?」

「アコ、僕がいないと眠れないよ」

「もうりんごのシュウカクなのに、おばあちゃんとお父さんだけじゃ大変だよ」

僕が何を聞いても、何を言っても、お母さんは「ケンは心配しなくていいから」って言うだけだった。

僕は一生懸命考えた。あの日、ヒロ叔母さんが僕を見てびっくりした顔や、僕がツレゴって言ったあとのお母さんの泣き方や、そのあとおばあちゃんとお母さんが激しくけんかしていた声や、お母さんがアコはおいて僕だけを連れて家を出たこと……いろいろ考えてみると、お母さんはおばあちゃんと、僕のことでけんかしたんじゃないかって思えてきた。

ツレゴっていうのはきっと、悪い子とかだめな子っていう意味だ。僕が二年生にもなって、犬が恐いくらいで泣いてしまったり、ビーチ板がないとプールに入れなかったり、おつかいでシャンプーとリンスを間違えて買ってきたりするから……。

僕はまず、勉強をがんばることにした。宿題以外にも教科書の先のほうを読んだり、間違った問題を何度も解いたり。

けれど今日も道徳の時間に、ユカ先生に「ケンくん。火事を見つけたら、何番に電話したらいいのかな？」って聞かれて「一一〇番！」って答えてしまって、みんなに笑われた。

「ケン君、一一〇番はおまわりさんだよ。消防車は一一九番、救急車も一一九番だから、覚えてね」

僕はその日、おまわりさんは一一〇番、ショウボウシャは一一九番……って一〇〇回書いた。

一週間が過ぎたころ、僕が校門を出ると黄色い帽子のアコが抱きついてきて、わあわあ泣き出した。

「お兄ちゃんもお母さんも、どうして帰ってきてくれないの？　アコが嫌いになったの？」

僕は、僕のせいで大好きなアコにまでさみしい思いをさせているのが悲しくて、情けなくて、アコと一緒にわあわあ泣いてしまった。

ユカ先生が走ってきて、僕たちは職員室の奥の部屋に連れていかれた。二〇分くらいでかっぽう着姿のお母さんが駆けこんできて、アコはまたわあわあ泣き出した。

「お母さん、僕、がんばるから！　ツレゴじゃなくなるように、がんばるから！　だから、おうちに帰ろう！」

僕がそう言うと、お母さんもわあわあ泣き出した。僕もまたわあわあ泣いてしまった。なぜかユカ先生までわあわあ泣いていた。

僕は、泣いちゃだめなのに、泣かないようにがんばらなきゃいけないのに、って思いながら、涙が止まらなかった。

それでもお母さんは家に帰ろうとしなかった。きっと、まだまだ僕のがんばりが足りないからだ。

四時間目の体育は鉄棒で、僕は今日こそ逆上《さか》がりができるようにがんばろうと思った。けれど二時間目が終わるころには風がわんわん吹き出して、遠くからねずみ色の厚い雲がもくもく近づいてきていた。

思ったよりも早くタイフウがきているらしく、三時間目が終わったところで授業はおしまいになってしまった。みんなが帰ったあとも僕はしばらく逆上がりの練習をしていたけれど、ユカ先生が慌てて走ってきて帰るように言われた。僕は今日も逆上がりができなくて悲しかった。

道沿いの家は雨戸を閉めていて、店は看板をしまっていた。アコがよく行く小児科も、もうシャッターを下ろしていて、アコは恐がってないかなあ、と思ったところでハッとした。今日は第一木曜日だ。

第一木曜日は、町のソウゴウ病院にもっと大きな町のダイガク病院からえらい先生が来る日で、アコは毎月テイキケンシンに行っている。いつもはお母さんが連れていくけれど、今日はお父さんが行っているのかな。

ってことは……おばあちゃんはひとりなのかな。

「……」

風で飛んできた新聞紙が電柱に巻きついた。それを見て、僕は食堂じゃなくて家のほうへ駆け出した。

この風でりんごが落ちてしまう前に、おばあちゃんは急いでシュウカクしているだろう。シュウカクの手伝いなら、僕にもできる！

風がどんどん強くなって、小さな僕はときどき飛ばされそうになって、何度も道に立ち止まって踏んばった。そうしているうちに雨まで降ってきて、家に着くころにはすっかりずぶ濡れになっていた。

「おばあちゃん！　おばあちゃん！」

僕は雨で重くなった靴で畑へ走って、大声で叫びながらおばあちゃんを探した。僕の声は完全に風の音に負けてしまっていたし、斜めにざんざん降る雨で周りがよく見えなかったけれど、僕はおばあちゃんを探し続けた。

おばあちゃんは、絶対に畑にいる。

絶対に。


「りんごは農薬と肥料で作る、って言われるくらいでね。無農薬・無肥料でりんごを作るのは、ものすごく大変なことなんだよ。害虫が出てきたらひとつひとつ手でとらなきゃならないしね。けど、農薬も肥料も使わない、本物の自然の中で育つりんごは、自分で必死に生きよう、育とうとする。そういう力が、香りや甘みや酸っぱさになって、おいしいりんごができるんだ」

僕が「うちのりんごはおいしいね」って言ったとき、おばあちゃんは見たこともない嬉しそうな顔をして、そう話してくれた。難しい言葉が多くて半分くらいしかわからなかったけれど、おばあちゃんがりんごをすごくすごく大切に育てているってことはわかって、僕もすごく嬉しくなったんだ。


「おばあちゃん！　おばあ……」

僕は目を細めた。

畑のすみで、一本のりんごの木が、他の木とは違う方向に曲がっていた。

僕はおそるおそる、その木に近づいた。

「……！」

風に耐え切れずに、木が途中からばきりと折れていた。

そして、その木の枝や葉っぱやりんごの下に、白い手ぬぐいでほっかむりをしたおばあちゃんの頭が見えた。

「おばあちゃん！　おばあちゃん！」

おばあちゃんは人形みたいに動かないまま、激しく雨に打たれていた。

僕は慌てて木を持ち上げようとしたけれど、僕の力ではびくともしなかった。それどころか僕はぬかるんだ足元を滑らせて、雨でどろどろになった畑の土に顔から突っこんでしまった。

「おばあちゃん……」

おばあちゃんが死んじゃう。

僕の力がないせいで。

僕が、ツレゴのせいで――。

僕は泥まみれで、涙で目も潤《うる》んできて、ますます周りが見えなくなった。

……泣いちゃだめだ。

泣かないで、がんばらなきゃ……。

がんばらなきゃ、ずっとツレゴのままだ！

僕はハッとして、家に向かって走り出した。

キュウキュウシャは、一一九番だ‼


電話をかけるとすぐに、救急車がサイレンを鳴らして来てくれた。

僕は走って、白い服のおじさんたちをおばあちゃんのところへ連れていった。おじさんたちは僕と違って力があって、「いち、にの、さん！」と木を持ち上げて、「いち、にの、さん！」とおばあちゃんをタンカに乗せた。

「お願い！　助けて！　僕の、僕のおばあちゃんなんだ！」

おじさんたちにそう言ったところで、僕は気持ちの力も体の力も、ふっと抜けてしまった。


それから僕は、心か、頭か、わからないけれどどこかで、ずっとずっと叫んでいた。

お願い！

助けて！

おばあちゃんを助けて！

僕、がんばるから！

もっともっと、もっともっと、がんばるから！

それで、今度はちゃんと、自分の力でおばあちゃんを助けられるようになるから！

だから、お願い！

おばあちゃんを助けて――――！


次に目を開けたときには、白い天井が見えた。

白い床、白い壁、白いカーテン、白いシーツ。

お父さん、お母さん、アコの後ろ姿。

そして、その向こうのベッドから僕をじっと見ている、包帯でぐるぐる巻きの足をつるされたおばあちゃん……。

「……おばあちゃん！」

僕はベッドからがばっと起き上がった。

みんなが一斉に振り向いた。アコが「お兄ちゃんが起きた！」と駆け寄ってきた。

どうやらここは病院みたいで、二人部屋のベッドのひとつにおばあちゃん、もうひとつに僕がいた。

「僕……？」

「ケン、おばあちゃんを助けようとしてくれたのよね。救急車が来てホッとして、気が抜けちゃったのね」

お母さんにそう言われて、僕は顔から火が出そうなくらい恥ずかしくなった。僕は自分が呼んだ救急車で、おばあちゃんと一緒に運ばれたみたいだ。

けど、そんなことはどうでもいい。だって、

「おばあちゃんが生きてる！」

僕が言うと、おばあちゃんはムッとした顔をして「当たり前だろ、縁起でもない」と言った。

けれど僕は、もう一度言ってしまった。

「おばあちゃん……生きてたんだ……」

泣いちゃだめ、泣いちゃだめだ……そう思っても、ぽろぽろぽろぽろ涙がこぼれた。

「よかった……おばあちゃんが死なくて……」

「……」

「よかった……よかった……よかったよぅ……」

「……」

いけない。僕は手の甲で涙をごしごし拭いた。

「おばあちゃん、僕、ツ……ツ……、ツ……？」

「……？　なんだい」

ツ……なんだっけ？

僕は興奮したせいか、ホッとしたせいか、一〇〇回書かなかったせいか、その言葉を思い出せなくなっていた……。

「えーっと……」

しょうがないから、僕は違う言葉を使うことにした。

「僕、いい子になれるように、がんばるから。すぐに泣かないように、勉強も運動もできるように、おうちのお手伝いでも役に立つように、がんばるから。だから……」

「……」

「僕、おばあちゃんともっと仲良くなりたい」

「……」

「お父さんともアコとも、みんな一緒に暮らしたい。それでいつか、僕もおばあちゃんみたいに、おいしいりんごが作れるようになりたいんだ」

「……」

お父さんは嬉しそうに笑った。お母さんはぐすんと鼻を啜《すす》った。アコは「さんせい！　さんせい！」と小さな手をぱちぱち叩いた。

おばあちゃんは……僕をじっと見たあと、寝返りを打って僕に背中を向けた。

「……」

やっぱりだめなのかな……。

そう思ったとき、おばあちゃんは言った。

「りんご、落ちてたかい」

「え？」

「おまえ、畑に来たんだろ。あの風で、りんごは落ちちまってたかい？」

「えーっと……」

僕は思い出す。おばあちゃんを探して畑を走り回ったとき……雨で周りがよく見えなかったけれど、おばあちゃんの赤くきらきら光るりんごは、土には落ちていなかったんだ。

「落ちてないよ。大丈夫だよ」

「そうかい。じゃあ、しっかり収穫しておくれ。ばあはこんな足だから」

「……おばあちゃん？」

おばあちゃんは震える声でそう言うと、頭から布団をかぶってしまった。

「……」

……もしかしたらおばあちゃんは、あの雨に打たれて風邪を引いてしまったのかもしれない。

「うん！　最初にとったりんご、おばあちゃんにすりおろしてあげるね！」

そう言うと、おばあちゃんは布団をかぶったまま、うん、うんと頷いてくれた。

強い風が吹いて、病室の木枠の窓ががたがた揺れた。僕はそれを見ながら思った。

これからだってタイフウはくるし、レイガイもある。ムノウヤクだから、ガイチュウが出てきたらひとつひとつ手でとらなきゃならないし。

それでも、ゆっくりじっくり、おいしいりんごを育てるように……おばあちゃんと仲良くなれたらいいな。

おばあちゃんのりんごの甘酸っぱい香りが、ふうわり漂った気がした。

特技はうそつき

部屋に鳴り響く電子音に薄目を開けた。

カーテンの隙間から、太陽の光が差し込んでいる。その光は、昨日の夕食だったインスタントラーメンの汁と、無数のほこりをきらきら照らしていた。

目覚まし時計を止めようと、手にして気づく。

そうだ、俺は最近時計なんてセットしていないんだ。

体を起こしてやっと、その電子音が電話から鳴っていることに気づいた。携帯電話がある今、この家の固定電話が鳴ることなどめったにない。大体、番号を知っているのも、一人だけだ。

「はい、悠太」

受話器を上げてつぶやいた。朝と呼ばれる時間に起きたのは久しぶりで、体が重い。

「悠太?　ひどい声。もう出かけるんやろ?」

母さんの明るい声が飛び込んでくる。目覚め途中の頭には、いつも以上によく響く声だ。俺は眉間にしわを寄せ、耳から受話器を離した。

「出かけるって？」

「おめでとう」

受話器を離しても、母さんの声ははっきりと聞こえる。すごいパワーだと思いながら、ふと考えた。

おめでとう？

思わずカレンダーを確認する。俺の誕生日は七月。今は三月。他に、俺が母さんに祝ってもらうことなんてあっただろうか。

「二年間、ようがんばったなぁ」

母さんの言葉で、俺は一瞬にして目が覚めた。

そうだ、今日は卒業式だ。

「どうしたん？」

「いや、ありがとう。今ネクタイ締めてたら間違えて首絞めて、意識が朦朧《もうろう》としてたんだ。いや、危なかった」

「首絞めたん？　まったく、何してんの」

母さんは電話の向こうで、キャッキャと笑った。俺は息を荒げ、「ぐるじー」とそのときの様子を再現する。

そして思った。何度目のうそだろう。

今まで寝ていたのだ。今は高校のジャージ姿。ネクタイなんて東京に出てきてから二年間、一度も締めていない。


美容師になりたいと、初めて母さんに言った時のことはよく覚えている。高校二年だった。

「好きにしたらええ」

母さんは驚く様子も悲しむ様子も見せずそう言うと、そのまま何事もなかったかのように、店に戻ろうとした。

「えっ、でも、この店、継がんでええの」

俺が引き止めると、母さんは心底呆《あき》れたというふうに振り返った。

「そういえばあんた、あちこちで『店、継がな』って愚痴《ぐち》もらしてるらしいな。うそもたいがいにし。頑固な母親、言われて迷惑してるんや」

母さんはこれみよがしにため息をつく。「だって」と反論しかけたが、母さんの話を止めることはできない。

「継げなんて誰が言うた？　第一、あんたは金物屋には向かんわ。金属のこすれるキーって音、大の苦手やろ。そんな金物屋、聞いたことない。はなから期待してへんし」

それだけ言い切ると、母さんはぷいっと背を向け店に戻った。

考えてみれば、確かに母さんに「店を継げ」と言われたことはなかった。なのに、どうして店を継がなければならないと思い込んでいたのだろうと、俺は首をひねって考えた。

「父ちゃんが店、継げってうるさいんだよ」

小学校低学年の頃、同じ商店街の薬局の息子で幼馴染みの信也が、さも面倒そうに言った。でも俺には、信也が誇らしげに見えた。かったるい雰囲気も「父ちゃん」という響きもどこかかっこよかった。

母さんは金物屋を切り盛りしながら、女手一つで俺を育ててくれた。不自由だと思ったことはない。それでも、どこか会ったこともない父さんという存在に、俺は憧れていたのだと思う。それからかっこつけるように、俺もあちこちで言い出したのだ。

「母ちゃんが、店継げってうるさいんだよ」

つまり、俺は店を継がなければいけないといううそを長い間つき続け、自分でもよくわからなくなっていただけだと気づいた。いわば自己暗示。

母さんは、いつから知っていたのだろう。もしかしたらずっと前から、すべてお見通しだったのかもしれない。

店の机に向かう母さんの後ろ姿を見て、なぜかその時、俺は思った。

この人には、絶対に敵わない、と。

高校卒業と同時に上京し、専門学校に入った。でも、専門学校は半年でやめた。そのことは母さんに知らせていない。学費がすべて競輪とパチスロに消えたなんて、言えるはずもなかった。

学校に退学届けを出し、その足で競輪場に行った。その夜、初めて母さんに電話をかけた。

「今日、実技試験だったんだ。マネキンの頭、ワックスでつんつんに固めたら、鋭くしすぎて髪が指に刺さって、流血の大惨事」

「うそや、そんなワックスあるわけないわ」

母さんは、受話器の向こうで笑いながら言った。

俺は、うっすらと血の滲《にじ》むばんそうこうを巻いた人差し指を見ながら続けた。

「うそじゃないよ、業務用のすごいワックスがあるんだって。東京タワーも、月に一度そのワックスで固めてるからあんなにピシッと立ってるって噂だよ」

「東京タワー？　どうやってかけるん？」

「消防車にワックス詰めて、ホースでぶっかけるんだ。山火事の時みたいに、ヘリコプターも出動する。それが東京の消防士にとっては、訓練の一環らしい」

「何、言うてんの。うそばっかりついて」

「そりゃ、東京タワーは、あくまで噂だけどさ。でも指に髪が刺さったのは本当だよ」

指のばんそうこうを見ながら、咄嗟《とっさ》に作ったうそだった。その傷は、競輪場で摩《す》った券で切ってしまった。弱り目に祟《たた》り目とは、まったくこのことだ。

母さんは「あーおもしろ」とつぶやきながら、笑いすぎて乱れた呼吸を整えていた。

俺は、次の言葉が出なくて黙り込んだ。退学したことを言わなければ、と思った。

すると一息ついた母さんが言った。

「金、ないんか」

母さんの声は俺を責めるでもなく、当然のことのようだった。俺は驚き、言葉を呑んだ。

「ああ」

俺はそれだけ答えた。

翌日、口座に三万円が振り込まれていた。

母さんには、月に一度は俺のほうから電話をした。そのたびに、俺はうそをついた。その時間だけ、俺は明るく楽しい学校生活を送っていた。

母さんはいつも、声を上げて笑った。そして最後に、必ず言うのだ。

「金、ないんか」

それを否定することが一度もできなかった。いつも情けない思いで「ああ」と返事した。

母さんからの電話を受けながら、俺は気づいた。

向こうから電話を受けるのは、初めてかもしれない。どうりで、電話の呼び出し音も聞き覚えがないはずだ。

「そっち、遊びに行ってもええか？」

母さんは、少し恥ずかしそうに言った。

「え、来たいの？」

俺は隠すことなく、不快さを表した。何かと東京にライバル心を燃やす母さんは、今まで一度も東京に行きたいなどと言ったことがなかった。

「東京で金使うのが悔しいから、絶対行かないって言ってたじゃん」

「そうやけど、あんたのそっちで活躍する姿、一度は見たいし。ええやろ」

俺は頭の中を引っ掻き回した。確か、卒業後すぐに青山の美容院に見習いとして置いてもらうことになったと、この前の電話で言ってしまった。母さんが来るはずないと、高《たか》をくっていたのだ。

黙る俺に、母さんは畳み掛けてくる。

「ええやろ、一回ぐらい、東京案内してえな」

「……ああ」

母さんの初めての頼み事に押され、思わず俺は答えてしまった。


入学した直後に番号を交換した同期や先輩の携帯電話に、片っ端から連絡を取った。しかし、なかなかつながらず、つながったとしても忘れられていたり、とりあってもらえなかったり。携帯電話の名前順に整理されたアドレス帳。渡辺まで行って、初めて通話ボタンを押すのをためらった。

一年半ぶりに、しかも頼み事をするために電話をかけ続けても、恥ずかしさなんて感じなかった。もう、そんなプライドが俺の中に残っているはずもない。

でも、渡辺だけは違う。

専門学校にいる間、俺はいつだってあいつに勝っていた。セットの速さも、カットの正確さも、薬剤を調合する手際も、接客で重要な笑顔だって、すべて俺の方が上だった。なのに、「センスがいい」と褒められるのはいつも渡辺。俺には、渡辺のセンスのどこが俺より勝っているのかわからなかった。

入学してもうすぐ半年が経とうとした頃のことだ。俺は自分が誰よりも優れていることを証明したくてうずうずしていた。

俺たちはまだ、マネキンの髪しか切ることを許されていなかった。なのに渋谷で声をかけた女の子に美容師だとうそをつき、カットのモデルを頼んだ。

そしてカットの途中、彼女の右耳を刃先で傷つけてしまったのだ。

ハサミを持つと、生々しく思い出された。名前も知らないその子の小さな叫びと、耳を伝って床に落ちた数滴の血。背中に広がる、生暖かい汗。

それ以来俺はハサミを持つことが怖くなった。

携帯電話の画面の中、渡辺の名前にカーソルを合わせ、通話ボタンを押す。どこかで出ないで欲しいとも思ったが、三回目のコールが鳴り止まないうちに、渡辺の声が聞こえた。

「なんだ」

相変わらずそっけない声に、俺は思わず苦笑した。

「急なんだけどさ、頼みがあって。三月二十九日、一日でいい、いや、一時間でいいんだ。俺を見習いとして置いてくれる美容院を探してて……青山で」

渡辺が吐き出した息が電話に当たり、ざらざらと耳に障《さわ》る。あいつの相手を馬鹿にした表情が目に浮かぶようだった。

「それマジで言ってんの？」

俺が返事をすると、今度は鼻で笑うのが聞こえた。

「そんな店側に何のメリットもない話、転がってるわけねえじゃん。第一、お前はもう美容業界からきれいさっぱり身を引いたんだろ？　ハサミも持てないくせに、見習いだなんて」

「見習いなら、ハサミ持つこともないだろ」

一瞬静寂が訪れた。

「ふざけんな」

それまでおちょくっていたような渡辺の口調が、いきなり迫力あるものに変わった。

「お前、俺以外にも頼んでんのか？」

「ああ」

額に浮かんだいやな汗をぬぐいながら答えた。

「もし、あてがあったとしても、誰もお前を紹介しないよ。この世界は技術もあるけど、人脈も大きい。お前だってわかってんだろ？　お前は学校で、誰のことも信用してなかった。仲間を作ろうとしなかった。自分が信用できないやつのこと、紹介なんてできない」

返す言葉がなかった。確かに、仲間と呼べる人はいなかった。俺は勝手に、みんなをライバルだと思っていた。

「諦めろよ」

渡辺のその言葉を最後に、電話は切れた。


母さんに本当のことを話そう。

この一年半、何度考えたかわからない思いが、また胸にわきあがる。しかしそのたびに、俺は自分で首を横に振ってきた。そのときは決まって、小学三年のときの出来事を思い出す。

昔からお調子者だった俺は、いつもクラスであることないこと話を作っては、友達の前で披露していた。みんなが俺の話に笑ってくれるのが、最高に嬉しかった。

ある日、大人しくてクラスでも目立たない卓郎が学校を休んだ。

俺はここぞとばかりにクラスのやつらを集めて言った。

「卓郎、なんで休んでるか知ってるか?」

みんな、首を傾げた。

「あいつ、もう学校来んと思う。俺、昨日の夜見てん。あいつが、家族とこっそり家出るとこ。そん時、卓郎も、家族も、みいんな泣いててん。で、今朝卓郎の机の中を見たら」

俺はひらりと紙を一枚出した。自由帳を破いた紙に「さようなら」と書いてある。俺の周りに集まっていた友達が、いっせいに息を呑んだ。

もちろん、それは俺の書いたものだった。そのまま書くとばれてしまうので、利き手でない左手で書いた。

「それにしても卓郎、字ぃへったくそやな」

誰かが言うと、みんな大笑いした。偶然にも卓郎は字が汚かったので、よりリアルな手紙になり、笑いまで生まれたのだ。

それから、教室は卓郎の話で持ちきりだった。数日後、マスクをつけた卓郎が登校してくるまでは。

俺のうそは担任に知られることとなり、俺ばかりか母さんまで学校に呼び出されて怒られた。

俺にはわからなかった。先生だって俺の話を笑って聞くこともある。母さんなんて、「テレビ見とるよりあんたの話聞いとった方がおもろい」とまで言ってくれる。どうして、今回だけ怒られるのか。

「人を傷つけるうそは最低や」

学校からの帰り道、母さんは前を見据《みす》えたまま、厳しい表情で言った。

「でも、みんな笑っとった。なんでいかんの」

食って掛かると、母さんは立ち止まり、俺を見下ろした。

「みんな笑っとってもな、一人が泣いたら、一人が悲しい思いしたら、それは大失敗や。そんなうそ、絶対についたらいかん」

それからも母さんは、口癖のように「人を傷つけるうそは最低や」と繰り返した。

俺は高校卒業のアルバムの「特技」に「うそつき」と書くまでに人を笑わせるうそをつき続けてきたけれど、自然と誰も傷つけない話を作るようにしていた。

だから、この一年半で俺が母さんにつき続けてきたうそは、全部失敗作。母さんを傷つけ、裏切るうそ。

それを明かす勇気が、俺にはなかった。


満面の笑顔で、母さんは東京駅に降り立った。ベンチから立ち上がった俺に、力いっぱい手を振ってくる。俺は恥ずかしく、小走りで母さんに近づいた。

地下鉄の中でも、母さんの笑顔が絶えることはない。

「でも残念やわ。あんたの働く姿が見たかったのに」

「俺が働いてたら、母ちゃん店まで来れないだろ」

「失礼やな。私かて、東京ぐらいひとりで移動できるわ。明日は？　働かんの？」

「俺、まだ入ったばっかりだから、週二、三日なんだ。四月になったら、休みたくても休めなくなるって、先輩に脅《おど》かされてる」

母さんは大きく頷きながら聞いていた。

またうそをついている。心が、ぐっと締め付けられたように息苦しい。

青山一丁目で降りると、階段を上がった。そこから、裏通りに入って五分ほど歩く。

「ここだよ」

二階建ての美容院の前で、俺は立ち止まった。銀色のきらきらした文字で「BELLEZZA」と看板が出ている。多くの美容師やその卵たちが憧れる店。二年前は、俺もその一人だった。上京したその日に、この店に来て髪を切ってもらったほどだ。

「あら、すてきやね」

母さんはうっとりと、その看板を見上げた。一階二階ともにガラス張りで、中の美容師たちの姿が見える。まぶしすぎる姿に、俺は目を細めた。

「あんた、そこ立って」

見上げた視線を母さんに戻すと、いつの間にかカメラを構えている。

「写真なんて撮るなよ、恥ずかしいだろ」

「ええから。はい、チーズ。あら、フラッシュ光らんかったね。もう一度」

俺はため息をついた。こんな目立つことをしていたら、店員に怪しまれる。

「ほら、ピースサインして。ピース作らんと、シャッター押さんよ」

早く終わって欲しい一心で、俺はギクシャクと右手でピースサインを作った。

「笑って笑って。はい、チー」

「大竹?」

背後からの男の声に、俺はピースサインを顔の横に掲げたまま振り返った。

いやな予感どおり、その声は渡辺のものだった。渡辺は、制服のポロシャツを着ていた。

渡辺に見つめられ、俺はそのまま動けなくなった。

「大竹、お前ここで何を」

「あ、悠太の先輩ですか?　大竹悠太の母です。あら、悠太もこんなおしゃれな制服着とるん?」

母さんは人懐っこく渡辺に近づくと、ポロシャツを見つめた。

「母さん、もう行こう」

母さんの腕を、力をこめて引いた。母さんは「なんで?」と引きずられながらも、渡辺への笑顔を忘れなかった。

「これからも、悠太をよろしくお願いします」

渡辺を振り返ることができなかった。あんなにプライドを捨てて、方々に連絡を取っていた理由ももうばれてしまっただろう。

でも、そんなことはどうでもいい。

渡辺と俺の本当の差を今はっきりと見せ付けられて、苦しかった。あの一つのミスさえなければ、俺もあの中にいたのではないかという悔しさと、きっと何をどうがんばっても渡辺には追いつけないという空しさが、心を満たしていく。渡辺は今、どんな気持ちで俺と母親の後ろ姿を見つめているのだろうと思うと、やりきれなかった。


一人暮らしの家に着くまで、母さんは「もっとちゃんと挨拶をするべきだった」と、俺に文句を言いっぱなしだった。

しかし、部屋の中に入り、機嫌は直ったようだ。

「結構まともに住んどるんやね」

母さんはぐるりと部屋を見渡した。

六畳半のワンルームは、昨日の夜急いで片付けた。いつか古本屋に持っていこうと、ベッドの下に入れていた美容師の専門書も本棚に並べた。どうやら、母さん好みの部屋に仕立てられたらしい。

渡した水を一気に飲み干すと、母さんは言った。

「あんな、一つ、頼みがあるんやけど」

「なに？」

俺の質問にすぐには答えず、母さんは鞄の中から新聞紙を取り出した。それを手際よく床に広げ、その上にちょこんと正座する。俺に背中を向け、笑顔で振り返った。

「母さんの髪、切ってほしいんよ」

俺は慌てて返した。

「無理だよ、できない」

「別に、特別な道具なんて使わんでええよ。少々失敗してもかまへんし」

正座をする母さんの後ろ姿は、金物屋の店先に出る後ろ姿よりもずっと小さく見えた。髪も、随分白髪が多くなっている。

ごめん、できない。怖いんだ。

出かかった言葉を呑み込み、俺はうつむいた。

母さんは、ふーっとゆっくり息を吐き出すと、背中を向けたままつぶやいた。

「いじわる、してしもうたな」

母さんは小さく笑った。再び旅行鞄をあけると中をあさった。

「これ」

照れたように、母さんが紙を差し出す。

見るとそこには母さんの字で「卒業証書」と書かれていた。

「なんだよ、これ」

「ほんまの卒業証書、もらわれへんかったんやろ?」

俺はとっさに母さんの顔を見た。母さんは、寂しそうに微笑んでいた。

「なんでそれを」

「あんた、昔からようそついとったけど、すぐわかるんや。高校の卒業アルバムに『特技はうそつき』なんて書いてあって、目を疑ったわ。そんなん、大きな勘違いや。あんたのうそはすぐバレる。作りこみすぎ、面白すぎるんや。おかげで、いっぱい笑かしてもろうたわ」

母さんは、思い出したようにくすくすと笑った。

「笑い事かよ。俺、ずっと母さんのことをだましてた」

言葉が詰まる俺に、母さんは卒業証書を押し付けた。

「辛かったやろ、ずっと隠してるの。母さん、気づいてたのに、言えへんかった。次の話が聞きたくて、また、楽しそうに話すあんたの声が聞きたくて、言えへんかった。だましてたのはお互い様や。ごめんな」

俺は震える手で、母さんから卒業証書を受け取った。

《卒業証書
あなたは本日をもって、うそつき息子から卒業することを認めます。
私も、うそつき母さんから卒業します。
あと、学費はいつか返しなさい。
母》

俺は思わず噴き出した。

「全然卒業証書らしくないわ」

「形式なんてどうでもええんよ。これでダメな親子から卒業。それが大事。もうお互い、隠し事はなしな」

母さんは照れたように笑った。

まったくこの人は、何もかもお見通しだ。

「母さん」

母さんは「ん?」と優しい笑顔をこちらに向けた。

「髪、切らしてくれへん?」

母さんは驚いたように俺の顔を見た。

「俺の最初で最後のモデルに、なってくれへんやろか」

母さんは笑顔で、何度も頷いた。そして鼻をすすると、また背中を向けて新聞紙の上に正座した。

「好きに切り！　ボーズ頭も覚悟のうえや」

小さくなっても決して敵わないその背中に、俺は頭を下げた。

った。

「中野さん、中野さん、缶詰のテントクですって！」

スーパーの倉庫を抜け、従業員出口を出ようとした私の腕をつかんで、同僚の小山さんが言った。

と同時に、たくさんの缶詰を積んだワゴンが倉庫にごろごろと入ってきた。小山さんは私の腕を離し、名前とは違う大きな体を揺らして走り出した。そうか、彼女はまだ三十を少し過ぎたところだけれど、三人の子どもの母親だった。

テントクは店員特別販売の略で、賞味期限の近くなった商品を店員に安く売ってくれる。声をかけてもらいながら何も買わないというのも気が引けたので、私はツナ缶をひとつ買い、小山さんに「お先に」と言って店を出た。レジかごに次々と缶詰をつめる彼女には、たぶん聞こえなかっただろうけれど。

錆びた自転車の前かごにツナ缶を入れ、夕焼けで橙色に染まる道を走りながら思う。私も小山さんのように、テントクのたびに缶詰やレトルト食品や冷凍食品を、自転車の前かごにも後ろの荷台のダンボールにもたくさん積んで帰った日々があった。

ツナ缶、サバ缶、イワシ缶、サケ缶、コーン缶、みかん缶、もも缶、それからごちそうカニ缶。缶詰は母子家庭の頼れる味方だった。

「すみませーん！　すみませーん！」

スピードを緩めるとますますふらついてしまう。私は大声を張り上げて、学校帰りの中学生や岡持《おかも》ちのお兄さんによけてもらいながら、ふらふらと重い自転車をこいだ。

路上駐車の車やナンバーのとれたバイクでごちゃごちゃした路地を曲がると、右手に山下さんの古く大きな家とびっしり咲き誇るひまわり畑、左手に私の住むサンライズアパートが見えた。山下さんがどこかに出荷する、ひまわりの苗をつめたトロ箱が並んでいた。

「ママ、おかえりー！　見て、見て、見て、ほらーーー！」

補助なし自転車に乗った娘の祐美《ゆみ》が、私よりもふらふらしながらこっちに向かってきた。

「ああ、だめ！　来ちゃだめ！　あー……」

祐美をよけた拍子《ひょうし》に自転車がぐらりと傾き、前から後ろから、激しい音をたてて缶詰が散らばった。

「あー、あー、あー……」

祐美は両足をしゅしゅーっと路面に引きずって自転車を止めると、はじけるように笑った。

「ママ、ヘタっぴだねえ」

缶詰を拾いながら、私も笑った。

「祐美はすごいねえ」

「すごいでしょ。山下さんのおばあちゃんが、ホジョ取ってくれたの」

私はトロ箱を軽トラックに積み込んでいる山下さんに「いつもすみません」と頭を下げた。六十を過ぎた山下さんは、細い目を線にして「なんも、なんもぉ」と笑った。山下さんはアパートの大家さんで、よく祐美と遊んでくれていた。

「いたたた」と、缶詰を拾おうとした祐美の眉が寄った。自転車の補助輪を取ってから何度か転んだのだろう、その膝にはたくさんのすりむき傷があった。祐美はいたずらが見つかったように「えへへへ」と笑うと、なんでもない様子で缶詰を拾った。私もダンボールを抱えて缶詰を集めた。

「いーち、にーい、さーん」

祐美は声をあげて数えながら、アパートの階段の一番下の段に缶を積み重ねた。

「しーち、はーち、きゅーう、じゅっ。ママ、知ってる？　十ずつ数えるといいんだよ」

「それも山下さんのおばあちゃんに教わったの？」

「うん。でもこんなに買って食べきれる？」

「大丈夫！　缶詰になると、うーんと長持ちするんだから」

「ふうん。ねえ、見てママ！　きれいねえ！」

アパートの白い壁に、祐美が缶詰の底面を反射させて作った小さな虹が光っていた。

「本当。きれいねえ……」

壁に生まれた小さな虹。金色のひまわり。ほんのりピンクのほっぺたの祐美。みんなみんな、あんなにきれいだったのに――。


あれから長い年月が過ぎた。路地は相変わらずごちゃごちゃと狭苦しいけれど、そこを曲がった景色は大きく変わった。

山下さんのおじいちゃんが亡くなり、おばあちゃんが足を悪くして杖で歩くようになってから、この季節が来てもひまわりの種を撒くことはなくなった。ひまわり畑はただ雑草の生える広場になり、青いトロ箱が所在なさそうに積まれている。アパート経営の実権も息子さん夫婦に移り、おばあちゃんはあまり家から出てこなくなって、あの細い目が線になる笑顔を見ることもなくなってしまった。

私は自転車を停め、すっかり煤《すす》けたアパートの壁にツナ缶の底を向けてみた。けれど、刺すような鋭い光が返ってきただけだ。

階段を上り、鍵を開ける。「ママ、おかえりー!」と駆け寄ってくれる幼い祐美は、もういない。

しんと静まった暗い室内には、小学生の祐美が週に一度は作ってくれたカレーのにおいも、中学生の祐美が私よりも上手に作っていた煮物のにおいもない。

「……」

祐美がいなくなったときのままに……そう思って、五年間手をつけずにいた祐美の部屋。変わらない空間を求めてその襖《ふすま》を開けたはずが、長い間滞留していた埃に襲われて、私は激しく咳《せ》き込んだ。

人が動き生活することのない空間にも埃ができるのはなぜだろう。……いや。人が暮らしていたら住居であり続けられる場所も、人がいなくなるとみるみる廃墟になるという。

私は涙目で咳をしながら、掃除機を取りに行った。

高校生になった祐美は、家計を助けるためにアルバイトを始めた。隣町のファミリーレストランだった。

祐美は支給されたばかりの赤いストライプの制服を着て、「どう、似合うでしょう？」と嬉しそうにくるりとまわって見せた。もちろん似合っていたけれど、少女から大人に変わり始めた祐美は、セーラー服でもTシャツにジーンズでも、何を着ても魅力に溢れていた。

そんな祐美に恋人ができても不思議ではなかった。だから私は、もっと注意していなければならなかったのだ。祐美が父親のような男を選ばないように。

兆候はいくらだってあった。祐美は帰宅時間が遅くなり、休日におしゃれをして出かけることが増えた。明るい表情と暗い表情の落差が大きくなった。夏なのに腕も足も隠れる服を着るようになった。

そしてあのとき、祐美がしゃがんだ拍子にカットソーの裾から腰のあざが見えた。

「そのあざ、どうしたの？」

祐美は私の視線に気づくと、子どものころのように「えへへへ」と笑って「階段で転んじゃった」と言った。

「ドジねえ、気をつけるのよ」

十七歳の娘の嘘も見抜けなかった私は、完全に母親失格だった。

客としてレストランに来たという、五歳年上のバイク修理工の子どもを妊娠したと聞かされたときには、祐美の左の頬が赤く腫れていた。

「普段はすごく優しいの！　お酒さえ飲まなければいい人なの！」

「彼を悪く言わないで！　私に悪いところがあったから叩かれたの！」

「子どもが産まれたら、彼だってきっと変わってくれる！」

かつて私が両親に泣いて訴えた、同じことを祐美は言った。めまいがした。

手を上げる男は、どんなに謝ろうと反省しようと、必ずまた手を上げるのだ。もしかすると、女だけでなく子どもにも。それは私が一番よく知っていた。だから私は頑《かたく》なに反対した。反対しないわけにはいかなかった。それが祐美のためだと信じた。

けれど三日後、祐美は家を出ていった。

「彼は私のそばにいてくれる」

悲しそうに、そう言い残して――。


私は祐美の部屋の窓を開け、本棚や箪笥《たんす》に積もった埃を払い、小学生のころから使わせていた木の学習机を拭いた。書棚には高校二年生の教科書が並んでいて、今の時代に高校も出ず仕事が見つかるだろうかと、胸が痛んだ。

小物を置くスペースには、お友達から旅行のお土産にもらったのだろう、あちこちの観光地のキーホルダーや絵葉書や、とうに賞味期限の切れた外国製のチョコレートなんかが並んでいた。

「……？」

それは華やかなものたちに追いやられて、奥の方にひっそりと置かれていた。

そっと指を伸ばして取ってみる。祐美が幼いころ気に入っていた、昔ながらのデザインのキャンディー缶だった。封のテープは剥がされているのにずしりと重みがあり、意表をつかれた私はその蓋を開けた。

「……」

缶の中にはびっしりと、ひまわりの種が入れられていた。

なんでもないと思ってやり過ごし、いつしか忘れてしまっていた記憶が、ざわざわとよみがえった。


祐美が小学生になってからは何かとお金が必要になり、私は昼のスーパーのパートに加えて、夜は弁当工場で働き始めた。家事、仕事、家事、仕事、わずかな睡眠……めまぐるしい日常の中、一所《ひとところ》で何かをするといったら、狭いベランダで洗濯物を干すくらいだった。

祐美はそれをよく知っていた。私が朝早くベランダで洗濯物を干していると、祐美は起こさなくても必ずやってきて、前の日に学校であったことや、その日楽しみなことを嬉しそうに話した。

私も楽しかった。生まれたての朝の光とシャボンの香り、祐美のおしゃべりに包まれて洗濯物を干しながら、「今日もちゃんと朝がきた」と思うことができた。

夏休みになってからは、山下さんの家のひまわりの話ばかりだった。「蕾が大きく膨らんできたよ」とか「今日こそ咲くと思ったのに、まだだねえ」とか。相槌を打ちながら、祐美は本当にひまわりが好きなんだなあ、なんて思っていた私は、なんて能天気だったんだろう。

きっと友達はみんな、海やプールや家族旅行や、たくさんの予定を持っていたんだ。祐美のそばにいたのは、山下さんのおばあちゃんとひまわりだけだったんだ。それでも祐美はわがまま一つ言わず、毎朝笑顔でひまわりの話をして、休み明けの学校でお友達からきらきらしたお土産を手渡されていたんだ。

それなのに――

祐美は山下さんのところでひまわりの種をとる手伝いをして、その種を分けてもらってきた。缶詰を数えたのと同じように「いーち、にーい」と種を数えて十個ずつのまとまりにして、百を超えた数を確認すると、大切そうにそのキャンディー缶にしまった。「缶詰になると、うーんと長持ちするんだから」と私の口調を真似《まね》て。

「ね、ママ。春になったら、うちのベランダにもひまわり植えようよ」

そう言って栗色のくせっ毛を揺らして笑う祐美に、私は「うん、植えようね」と指きりしたのに。

「ママ、おかえり。今日はひまわり植えられる？」

次の年の春、祐美は何度も私にそう言ったのに。毎日毎日、私が仕事から帰ってくるたびに、大事そうにキャンディー缶を抱えて駆け寄ってきて言ったのに。

私は「明日ね」と言い、

「今度のお休みにね」と言い、

「また今度ね」と言い、
やがて「ママ、疲れてるの」と言ったんだ……。

祐美は私に駆け寄るかわりに、洗濯物を取り込んでたたむようになり、お風呂を洗うようになった。私の溜息が増えるほど、祐美のこなす家事は増えていった。私が「して」と頼んだわけでもないのに、祐美は中学生になるころにはほとんどすべての家事をしてくれるようになっていた。

そうして私は、ますます外で働くようになっていった――。

私はキャンディー缶を何度も撫でた。祐美は私の「して」を心で聞いて、自分の「して」を飲み込んでいたんだ。たくさんたくさん、しまいこんでしまいこんで、ひまわりの種はこんなに奥まで追いやられていた。

「彼は私のそばにいてくれる」、そう言った祐美に、私は「あなたはなんにもわかってない。そばにいるだけなら、誰にだってできるの！」と怒鳴った。

私は祐美のそばにいることさえできなかったのに。

何もわかっていなかったのは、私だ。

次の日、私は山下さんの家を訪れた。

「ごめんくださいー」

玄関を開けるとつっかけがひとつ出ているだけで、家の中は静かだった。「はぁい」と声がしたあと、奥の居間からおばあちゃんがひょいと顔だけ出した。家族はみんな出かけているらしい。

「すみません。外に置いてあるトロ箱を、ひとついただけないでしょうか？」

おばあちゃんはきょとんとして、小さく首を傾げた。

「あんなもの、何に使うのぉ？」

「今年こそ、ひまわりを植えようと思いまして」

今年こそ、そう言って恥ずかしくなった。けれどおばあちゃんは気にする様子もなく、「へぇ、そうかい、そうかい」と言った。

「いくつでも持ってってていいけど、根のあるものだからね。なんならアパートの庭に植えちゃって」

「えっ、いいんですか?」

「いいって、いいって。楽しみにしてる」

私はおばあちゃんの思いがけない発言に戸惑いながら、トロ箱をひとつもらって部屋に戻った。

さっそくベランダに出て、トロ箱の中にやわらかい土を敷き、種を植えて水をやった。たったそれだけのことなのに、芽が出るかな、大きく育って花が咲くかな、と思うとわくわくした。それは祐美に味わわせてあげられなかった気持ちだった。

そうなるともう、種の残る缶に蓋をするなんてできなかった。私はおばあちゃんの厚意に甘えて、アパートの周りにもぐるりと種を撒いた。祐美が缶につめた種をひとつ残らず撒いた。

缶につめていたから長持ちしたわけでもなかろうに、十五年も前にとれた種から、ひまわりはちゃんと芽を出した。ベランダでもアパートの周りでも競うように茎を伸ばし、青々と葉を広げた。

一ヶ月後には高さが三十センチを超え、二ヶ月後には葉が私の手のひらよりも大きくなった。背丈を超えるころに傾きかけたものもあったけれど、支柱を立てると何もなかったかのようにまた太陽へ向かってすくすく伸びた。

三ヶ月が過ぎ、二メートルを超える高さにまで伸びて蕾が膨らみ始めたころには、通りすがりの人が目を向けてくれるようになった。「蕾が大きく膨らんできたよ」とか「今日こそ咲くと思ったのに、まだだねえ」とか、かつて祐美から聞いた言葉があちこちから聞こえてきた。

おんぼろアパートを満開のひまわりが取り囲むと、まるでドラマにでも出てきそうな佇《たたず》まいになった。犬の散歩をするおじさんやベビーカーを押すお母さんが足を止め、登下校する中高生が携帯を向けてシャッター音を鳴らした。わざわざ見に来る人も増え、立派な一眼レフのカメラを構える人まで現れた。みんな笑顔だった。

そんな人たちを、私は遠くから眺めた。初めて会う人の笑顔が、なぜかいとおしく思えた。祐美がしまいこんだ笑顔に見えた。祐美の十五年分の笑顔に見えた。

祐美は今、ちゃんと笑っているだろうか。祐美に会いたい。会ってひまわりを見せてあげたい。「祐美のひまわり、ちゃんと咲いたよ」って言ってあげたい。「遅くなってごめんね」って謝りたい……。

私は祐美を待つようになっていた。祐美くらいの年の子が通るたびに目で追った。栗色のくせっ毛の子を連れる若い母親の後ろ姿に、ひょっとして、と息をのんだことも一度や二度じゃなかった。

そうしているうちに、ひまわりは次々と俯《うつむ》きはじめた。百を超えるひまわりが茶色くなって俯くさまは、見ていて気持ちのよいものではなかった。

「もう枯れたし、抜いたらどうです？」

俯くひまわりを見上げていたある日、山下さんの息子さんに言われた。息子さんは元々、アパートの敷地内でのひまわり栽培をおばあちゃんが勝手に許可したことについて、快く思っていないようだった。返答に困っていると、おばあちゃんが杖をついて出てきてくれた。

「ひまわりが俯くのは、育ち始めた種を雨風から守るためでしょうが。茶色くしなびてうなだれてるわけじゃない。いい姿じゃないのぉ」

おばあちゃんはそう言って、枯れたひまわりを撫でてくれた。

ばつが悪そうに息子さんが行ってしまったあと、おばあちゃんは昔のように細い目を線にして笑った。

「祐美ちゃん、来てくれるといいねぇ」

「え……」

「来てくれるよ。祐美ちゃんは大好きだったから、ひまわり」

「山下さん……」

おばあちゃんにはすべてお見通しだったんだろう。私たちの生活も、祐美の孤独も、私の遅すぎた償いも。

私は張りつめていた糸がぷつんと切れて、顔を覆い声をあげて泣いた。

「会いたいんです……会いたいんです……祐美に、祐美に会いたいんです……」

おばあちゃんはひまわりにしたのと同じように、私の頭を優しく撫でてくれた。


けれど、祐美が訪れることなどないまま夏が終わった。

当然だと思いながらも、落胆する気持ちは拭えなかった。祐美が帰ってこないということは、それだけ今の生活が幸せなのだろう。そう自分に言い聞かせながら、私はひまわりからこぼれる種を拾い集めた。

「……」

そのとき、後ろから小さな子どもの足音が近づいてきて、私は振り向いた。

五歳くらいの、栗色のくせっ毛の女の子が立っていた。

「おばちゃん。その種、少しだけもらってもいい？」

「……」

「お願い。大事に育てるから」

「……」

後ろに立っている母親は、祐美ではなかった。けれどその子の一生懸命な表情は、幼い祐美がよく見せた表情そのものだった。

おかえり、今日はひまわり植えられる？　と。

「……はい。どうぞ」

私はその子の手のひらいっぱいに、ひまわりの種をのせた。

「ありがとう！」

ふわあっとひまわりが咲くように、その子が笑った。その向こうにもたくさんのひまわりが揺れて見えるようだった。

「どういたしまして」

その子につられて、私も笑った。ずいぶんと久しぶりに笑えた気がした。

小さな手を振って歩いていくその子を見送りながら、私は願った。

あの子のひまわりが元気に育ちますように。

そしていつかどこかで祐美に、祐美のひまわりの温かい色が届きますように……。

大好きなお姉さんへ

掃除の時間が終わると、私は一目散に家を目指した。雨が少し降っていたけど、傘を差す時間ももったいない。公園や、お店がほとんど開いていない市場、最近建った新しいマンションの前を一気に走り抜ける。寒くなってきたから吐く息が白い。それが面白くて、私はわざとハアハア息を吐きながら、学校を出て数分後には団地の敷地に走りこんだ。

私の住んでいる団地はとても古くて、五階建てなのにエレベータがない。私は団地の階段を三階まで一段飛ばしで上がった。背中でランドセルが跳ねて、中で筆箱がガッチャガッチャと賑やかな音を立てている。

「ただいま！」

ドアを開けるなり、私はランドセルを背中から滑り落として外に飛び出そうとした。

「咲恵《さきえ》！　ちょっと待ちなさい！」

お母さんの声が飛んできて、私は仕方なく振り返る。

「ランドセル、ちゃんと部屋に片付けなさい。お兄ちゃんたちが帰って来た時に邪魔になるでしょ。もう四年生なんだからちゃんとしなきゃ」

色褪《あ》せたエプロンで手を拭きながら、お母さんが言う。

「えっちゃんと約束してるんだよ。学校から帰ったらすぐに行くって」

「でも、お兄ちゃんたちが帰ってきたら、咲恵のランドセル蹴飛ばしちゃうわよ。踏むかもしれない。咲恵はそれでもいいのね？」

私は仕方なく、両親と一緒に寝起きしている部屋にランドセルを置きに行った。

「行ってきます！」

今度こそドアを開けて外に飛び出す。「えっちゃんに迷惑かけちゃだめよ」というお母さんの言葉を背中に聞きながら。

五階までまた階段を一段飛ばし。息を切らしてえっちゃんの家に着くと、私はいつも通りドアに向かって「えっちゃん、遊ぼ！」と大声で叫んだ。

えっちゃんの家の表札は銀色でつやつやした板だ。和《かず》兄ちゃんが図工で作った、接着剤がはみ出しているうちの表札とは大違い。『丸岡』と彫られた文字をなぞっていると、えっちゃんが笑顔でドアを開けてくれた。

「咲ちゃん、ママが新しい人形とおうち買って来てくれたの。今日はそれで遊ぼうよ」

「新しい人形？　えー、いいなぁ。かわいい？」

「かわいいよぉ。ほら。早く早く！」

えっちゃんが、靴を脱ぐ私の手をせっかちに引っ張る。えっちゃんのスニーカーしかない玄関で、私は脱いだ靴を上品に揃えた。えっちゃんがいつもそうしてるからだ。五年生のえっちゃんの家に来ると、私はちょっと大人になった気分になる。

この家はテレビドラマに出てくる部屋みたいでとってもオシャレだ。黒で統一された家具がきちんと並んでいて、私の家と同じ間取りだなんて思えないぐらい広々としている。えっちゃんのお父さんは社長さんだから、サラリーマンのうちのお父さんよりもずっとお金持ちだ。

「えっちゃんちはいいなぁ……」

えっちゃんがドールハウスを持ってくる間、リビングの床に寝転がる。フカフカの絨毯が気持ちいい。うちの傷だらけのフローリングと大違いだ。戻ってきたえっちゃんが笑う。

「咲ちゃん、そればっかりだね。咲ちゃんちは三人兄弟で、私は一人っ子だからだよ」

私は起き上がって、リビングのテーブルに置いてあるかわいいメモを手に取った。共稼ぎのえっちゃんのお母さんは、いつもえっちゃんに手紙を置いていく。私はこのメモを読むのを楽しみにしていた。

『冷蔵庫にケーキがあります。咲ちゃんと紅茶を入れて食べてください。今日は雨がふって寒くなるかもしれないので、あたたかくしてね』

「先におやつにしようか」

前もって準備していたらしく、えっちゃんはキッチンからケーキと紅茶がのったお盆を持ってきた。えっちゃんのこういうテキパキしたところに凄く憧れる。来年、私が五年生になっても、えっちゃんみたいにはなれない気がする。

「咲ちゃん、新しい方の人形使っていいよ」

ケーキを食べ終えると、私たちは人形ごっこを始めた。えっちゃんが買ってもらったばかりの人形を渡してくれる。

「私が使ってもいいの？」

「いいよぉ。私、いっつも遊べるもん」

「ありがと、えっちゃん」

えっちゃんが私のお姉ちゃんだったらいいのに。私はいつもそう思う。お兄ちゃんたちは、自分たちだけでボール遊びや対戦ゲームをしていて、私は仲間に入れてもらえない。「咲恵はすぐに負けるし、すぐ泣くじゃん」と断られるのだ。

えっちゃんはそんな意地悪はしない。それに女の子同士だから、一緒に人形ごっこも指編みもビーズでアクセサリーを作ることもできる。時間もあっという間にたってしまう。

「えっちゃん、明日また遊びに来ていい?」

夕食の時間が来て仕方なく帰る時、私は玄関でえっちゃんに聞いた。

「当たり前だよ。絶対来て!」

えっちゃんは笑顔で、手にした人形の手をバイバイと振ってくれた。


えっちゃんの家に行った日は、自分の家がひどくごちゃごちゃして見える。ダイニングテーブルの上には、お兄ちゃんたちの学校のプリントやペンが散乱していた。五脚の椅子はキュウキュウに置かれて、その椅子には、階下に音が響かないように、お母さんの手作りの足カバーまで履かされている。お母さんは「かわいいでしょ」と得意気だけど、全部お兄ちゃんや私の服のお古だからあまりかわいく思えない。

「咲恵。テーブルの上、片付けてちょうだい」

台所からお母さんが声をかけてきた。

「お兄ちゃんたちにも言ってよ、ちゃんと片付けろって」

「今、お部屋で宿題してる。テーブルの上だけでいいから。おかず置きたいのよ」

私はブツブツ言いながら、お母さんが牛乳パックで作ったペン立てに、ペンを乱暴に放り込んでいった。牛乳パックのペン立ては汚れてもすぐ捨てられて便利だ。それはわかる。でも、すごく惨めな気持ちになる。えっちゃんの家にはこんな貧乏くさいペン立てはない。

「腹減ったぁ」

「母ちゃん、ご飯は?」

中学三年の和兄ちゃんと、中学一年の郁《いく》兄ちゃんがバタバタと食卓にやって来て、夕食が始まった。隣に座った郁兄ちゃんが、お醤油を取るついでに私の腕を肘で小突く。

「もう。やめてよ」

郁兄ちゃんの腕を押し返す。ぶふふ、なんて笑いながら郁兄ちゃんがさらに押してくる。椅子ごと傾いた私が悲鳴を上げると、和兄ちゃんが手を伸ばして私の椅子を引き戻してくれた。

そして、郁兄ちゃんの頭をゴツンと殴る。

「痛い!　頭叩くのって良くないんだぞっ」

「うるさいなぁ、ガキ!」

お兄ちゃんたちの喧嘩が始まる。

私は被害を受けないように、お兄ちゃんたちからできるだけ椅子を離した。

「もう。あんたたちはご飯ぐらい静かに食べられないのっ」

お母さんが天ぷらを盛った大皿を手に、しかめっ面で台所から出てきた。「咲恵。そんなところにお茶碗置いたら落とすわよ」

「だって、郁兄ちゃんが意地悪するんだもん」

「意地悪なんかしてねぇだろ。被害妄想だっ」

「はいはい。郁夫《いくお》は咲恵のこと、構いたいだけだもんねぇ」

お母さんに言われて郁兄ちゃんはちょっと赤くなって「別に構いたくないよっ」と呟いて天ぷらに手を伸ばした。

私はサツマイモの天ぷらをかじりながら、えっちゃんと一緒に、静かに夕ご飯を食べているところを想像した。きちんとマットを敷いて、きれいなお皿でハンバーグとかサラダとか並べて。もしかして、お米じゃなくてパンかもしれない。リビングにあったCDデッキからクラシックとか流れてきたりするのかもしれない。

クラシックなんて絶対似合わない食卓を見回し、私は深いため息をついた。


「えっちゃん、遊ぼ！」

次の日、えっちゃんの家の前で叫んだけど、えっちゃんはなかなか出てこなかった。トイレでも行ってるのかな？　パーカーを置いてきたから少し寒い。私はシャツの袖を引っ張って冷たくなった手を包んだ。スカートから出たむき出しの足も寒い。足踏みをしていると、やっとドアが開いた。

えっちゃんはパジャマにカーディガンを羽織っていた。顔色が悪い。

「えっちゃん……どうしたのっ？」

「風邪ひいちゃって……でも大丈夫だから上がって」

本当に大丈夫なのかな、と不安に思いながら私はおずおずと中に入った。いつもは明るく電気がついている廊下は真っ暗だった。

「えっちゃん、もしかしてお母さんもお父さんもいないの？」

「そりゃそうだよ。だって、仕事だもん」

咳をしながらえっちゃんが笑う。お仕事休んでくれないの？　とは聞けなかった。休めなかったから、えっちゃんは今一人なんだ。私やお兄ちゃんが具合の悪い時は、お母さんはいつも付き添ってくれる。汗をかけば治るからと重い布団をかけてくれて、汗だくで目が覚めると夕オルと着替えのパジャマがすぐに手渡される。そして汗を拭いた後は、少し冷ましたほうじ茶を飲ませてくれるのだ。

「大丈夫、お粥作っていってくれたから」

一人でお留守番をするえっちゃんには、重い布団をかけてくれる人も、おでこの熱を測ってくれる人もいない。そう思うと、オシャレな部屋が寒く感じた。

「えっちゃん、一人で大変だね」

「パパもママもお仕事、頑張ってるから……私も頑張るんだ」

フラつきながら台所に立ったえっちゃんは、いつも通りお菓子を出してくれようとする。

「えっちゃん。今日はもう帰るからいいよ」

そう言うと、えっちゃんが慌てて叫んだ。

「待って、咲ちゃん、平気だから！　昨日の人形ごっこの続きやろうよ」

「でも……」

「今日も新しい方のお人形、使っていいからっ」

えっちゃんが咳をしながら必死で言う。「私、咲ちゃんと遊びたくて待ってたんだよ」

私はえっちゃんの手を握った。えっちゃんの手は、熱のせいでじんわりと汗をかいている。

「待っててくれたの……？」

「じゃあ、えっちゃんがベッドに入ってくれるならいいよ」

ベッドに入ったえっちゃんに布団をかぶせて、寒くないように体の周りにギュッと布団を押しこむ。私たちは人形を使ってお見舞いごっこを楽しんだ。えっちゃんのお人形さんのお見舞いに来た設定だったのに、私はついえっちゃんの頭を撫でてしまった。えっちゃんは咳をしながら大笑いした。私も笑ってしまった。

遊んでいる間、えっちゃんはずっと笑顔だった。

「咲ちゃん、ありがと。また遊ぼうね」

帰る時、えっちゃんは、布団の中からいつもと同じように、人形の手をバイバイと振ってくれた。


二日後、私はえっちゃんの具合が気になって、五年生の教室を覗きに行くことにした。

教室に近づくと、「返せよっ」というえっちゃんの大声が聞こえて、私は思わず足を止めた。ガタガタと机や椅子が動く音もする。慌てて教室をのぞくと、何人かのクラスメイトに囲まれているえっちゃんが見えた。

「丸岡の嘘つき！　作文にまで嘘書いていいんですかぁ」

一人の男子が、手にした作文用紙をヒラヒラさせて、えっちゃんをからかっていた。

「嘘じゃない！　返せっ」

えっちゃんが手を伸ばして作文をつかもうとすると、男子の横にいた女子が「嘘つきのくせに近づかないでよ！」とえっちゃんを突き飛ばした。よろけたえっちゃんは真っ赤な顔で「何すんだよっ」と叫ぶと、その子を思い切り突き飛ばし、倒れたその子に馬乗りになって髪の毛をつかんで引っ張った。

「丸岡っ。離してっ。痛いっ」

「うるさい！」

私は廊下から呆然とえっちゃんを見ていた。えっちゃんは私の憧れの人で、いつも物静かで優しくて大人っぽくて……。

クラスメイトが「やめろよ、丸バカ！」「乱暴女！　先生にまた言いつけるぞ！」と口々に叫んでも、えっちゃんは構わず女子の髪をつかんだまま、「うるせぇ、馬鹿やろう！」と吠え続けている。

「丸岡っ。やめろよっ。マジで今度は親呼ばれるぞっ」

あれはえっちゃんじゃない。あれは、私の知ってるえっちゃんじゃない。

私は一歩下がった。その途端、女子に馬乗りになったえっちゃんと目が合った。えっちゃんの口が「あ」の形になる。

私は目をそらして自分の教室に逃げ帰った。目をつぶっても、髪を振り乱して大声を上げているえっちゃんの顔が浮かんで、いつまでも消えてくれなかった。

それからえっちゃんに近寄れなくなった。二人きりになった時に、あんな怖い顔で怒鳴られたらどうしようと思うと、えっちゃんの家に遊びに行くこともできなかった。

団地の入り口でバッタリ出くわした時に、えっちゃんは笑顔で「咲ちゃん」と呼びかけてきたけど、私は気づかないフリをして棟に駆け込んだ。三階まで必死で駆け上がって踊り場でやっと息をつく。下をそっと覗くと、えっちゃんがうなだれているのが見えた。すごく悪いことをした気になったけど、でも学校でのえっちゃんの怖い顔を思い出すと、自分でもどうしていいか分からなくなった。

その後は学校や道で会っても、えっちゃんは声をかけてこなかった。時々、校庭や公園に一人でいるえっちゃんを見かけることがあったけど、いつも寂しそうな顔をしていた。

「最近えっちゃんちに行かないのね。どうしたの?」

お母さんに聞かれて、私はドキッとした。えっちゃんと遊ばなくなってもう三週間になる。ダイニングテーブルで練習帳に漢字を書きこむふりをしながら「別に」とごまかすと、お母さんが私の横にストンと座った。

「あのね……えっちゃん、引っ越すみたいよ」

私は「えっ?」と練習帳から顔を上げた。

「……離婚するんだって、えっちゃんのお父さんとお母さん」

「おばさんたちが離婚したら、どうしてえっちゃんが引っ越さないといけないの?」

聞く声が掠《かす》れた。

「えっちゃんはお母さんについていくのよ。お母さんの田舎に行くんだって」

えっちゃんがいなくなる。もう一緒に遊べなくなるんだ。

引っ越しは今週の日曜日よ、というお母さんの声を聞きながら、私はぼんやりと漢字練習帳を見下ろした。えっちゃんに引っ越さないでって頼もうか。引っ越すまで遊んでって頼もうか。そんなことを考えたりしたけど、勝手に絶交してしまった私は、えっちゃんに許してもらえる気がしなかった。もしかしたら「二度と声をかけないで、あんたなんか大嫌い」と怒鳴られるかもしれない。

えっちゃんのことはもう怖くなくなっていた。ただ、えっちゃんに拒絶されることが怖くて、私は結局引っ越し前日まで何もできなかった。


土曜日の夜、私は布団から起き上がった。えっちゃんのことを考えたら眠れない。このまま、えっちゃんが引っ越したら一生会えない気がする。

小さい時からずっと一緒に遊んでくれたのはえっちゃんだけだ。団地の子供たちと遊んでいる時、足が遅かった私を待っててくれたのもえっちゃんだけだった。勉強も教えてくれた。お菓子もいつも大きい方をくれて、優しいお姉さんだった。

教室で見た怖い顔のえっちゃん。あれは、きっと何かあったんだ。いつものえっちゃんじゃなかったんだ。えっちゃんは嘘なんかつかない。

私は布団から出た。寝ている両親を起こさないように気をつけながら、机から折り紙を取り出した。ずっと前にえっちゃんと一緒に折り紙で花束をつくったことがあった。それをつくって、えっちゃんにあげよう。

明日、花束を渡しながら言うんだ。「ごめんね。今までありがとう」。そして笑顔で見送ろう。えっちゃんの笑顔を思い出しながら、私は折り紙を折り始めた。

欠伸を何回もしながら家を出る。夜中、布団の中で完成させた花束を持って、私は前のように階段を一段飛ばしで五階まで上がった。久しぶりすぎて「えっちゃん、遊ぼ！」なんて叫べないからインターフォンを押した。

しばらく待っても誰も出てこない。そっとドアノブに手をかけると鍵はかかってなくて、ドアが開いた。中をのぞいて「……えっちゃん？」と小さく呼びかけたけど、家の中はシーンとしたままだ。お邪魔しますと小声で言って私は靴を脱いだ。

家の中は今までと変わっていない。オシャレな家具がきちんと並んでいる。でも、何となく誰も生活していない感じで、私は怖くなって慌てて外に出た。

「ああ、びっくりした！　咲ちゃんじゃないの」

そう言われて私は飛び上がった。慌ててドアを閉める。両隣のおばさんたちだった。

「あの、えっちゃんに会いに来たんだけど、いなくて」

しどろもどろに言い訳をすると、おばさんの一人が気の毒そうな顔をした。

「えっちゃん、夜のうちに出てっちゃったよ」

「えっ。でも、引っ越しは今日って……それに荷物……」

「切羽詰まってたみたいだからねぇ」

別のおばさんが紙の束を振った。「剥がしても剥がしても貼りに来るんだから」

「仕方ないよ、サラ金はしつっこいんだから」

つま先立ちになってこっそりおばさんの手元を見ると、紙いっぱいに『ドロボウ』とか『借りたら返せ』『人間のクズ』とか汚い字で書いてある。おばさんたちは私の存在を忘れてヒソヒソと話し始めた。

「旦那さんの会社、順調だと思ったんだけどねぇ」

「半導体メーカーの下請けでしょ。意外と厳しかったんじゃないの。取引先がいくつか倒産したらしいし。普通の金融機関は中小企業になかなか融資してくれないしね」

「奥さんがどれだけパート仕事、増やしたっておっつかないよねぇ」

「えっちゃんだって朝から晩まで一人で留守番させられてさ。かわいそうだったもんね」

おばさんは私が紙を見ていることに気づくと、慌てて胸に抱え込んだ。

「とにかく、えっちゃんはもういないんだよ、咲ちゃん」

私はとぼとぼと階段を下り始めた。えっちゃんの家から帰る時はいつも、おとぎの国から帰るみたいな気分だった。オシャレな家具。買ってもらえるおもちゃ。お金に困ってるなんて思わなかった。きっと、えっちゃんのお父さんもお母さんも頑張ってたんだろう。頑張って、えっちゃんが寂しくないようにおもちゃを買ってあげてたんだ。

風邪をひいているのに、一緒に遊ぼうと言ったえっちゃんを思い出す。えっちゃんも本当は寂しかったんだ。誰かにそばにいてほしかったんだ。あんなに長く一緒にいたはずなのに、私は何も気づいてなかったんだ。

家に戻ると、私は折り紙で作った花束をそっとゴミ箱に捨てた。


月曜の放課後、えっちゃんがもういないということが信じられなくて、えっちゃんのクラスを覗きに行った。今日は五年生は四年生よりも一時間授業が多い。そっと覗くと、休み時間の教室は明るく楽しそうだった。えっちゃんの姿はやっぱり見えない。

すごすごと帰ろうとした時、廊下に貼られた作文に気づいた。クラス全員の作文が貼られている。その一番隅に丸岡悦子《えつこ》と書かれた作文を見つけて私は近づいた。作文用紙がクシャクシャになっていて、角が破れている。

「これってもしかして、あの時の」

えっちゃんがクラスの子から「嘘つき」とからかわれていた作文だ。私は慌てて『私の大切な家族』と書かれた作文を読んだ。

『私のお父さんとお母さんはいつも忙しくて、あまり家にいません。だから私は毎日お留守番をしています。でも寂しくはありません。それは一つ年下の妹が一緒だからです』

妹。私はその文字をじっと見つめた。えっちゃんは一人っ子だ。

『私は妹と毎日遊びます。妹と一緒だと一人じゃできない遊びもいろいろできます。私が風邪をひいて寝ている時にはお人形でお見舞いごっこをしました。妹は、風邪をひいていることになっているお人形ではなく、私の頭をなでてくれました。おかげで私の風邪は一日で治りました』

私のことだ。えっちゃんが私のことを作文に書いてくれた。一人っ子なのに作り話を書いたとからかわれたんだろう。嘘じゃない！　と激しく言い返していたえっちゃんの顔を思い出す。えっちゃんは私のことを、本当の妹みたいに思ってくれてたんだ。私は慌てて続きを読んだ。

『悲しいことがあっても寂しくても、私は妹と一緒にいると元気になれます。妹は泣き虫だけどすぐに笑います。ケーキを食べても笑うし、新しいお人形を貸してあげても笑います。私まで笑顔になれるから、妹の笑顔が大好きです。いつまでも妹の笑顔を見ていられたらいいなと思います』

私は呆然と作文の前に立ち尽くした。私はえっちゃんがクラスメイトに怒った理由も聞かず、一方的に絶交してしまった。私のことを妹だと思っていてくれたえっちゃんを。私の笑顔が大好きだと言ってくれたえっちゃんを。

作文の最後には

『両親は一生懸命働いていて、私が起きている時に帰ってくることはあまりありません。私は両親が大好きです。早く大人になって働いて、お父さんとお母さんを助けたいと思います』

と綴られていた。私は何度も作文を読んだ。この作文にはえっちゃんの本当が詰まっている。

一人で留守番をしていた時も、病気で心細かった時も。えっちゃんはいつだって両親の文句を言ったことがなかった。私も頑張る、と笑っていた。お母さんのこともお父さんのこともえっちゃんは大好きだったからだ。そして、私のことも。

ごめんねって言いたい。私も大好きだよって言いたい。でも。でも、もう二度と言えないんだ。どうしてあの時、「何があったの?」って聞いてあげなかったんだろう。どうして勝手に絶交しちゃったんだろう。

何もかも遅いんだ。もう、えっちゃんはいない。そう思った瞬間、涙があふれた。私は泣きながら家に帰った。

「どうしたの?　何があったの?」

泣きながら帰った私に、驚いたお母さんが駆け寄ってきた。

「お母さん……私、私、どうしよう……えっちゃんにひどいことしちゃった……」

学校で見た喧嘩のこと。怖くなって勝手に絶交したこと。えっちゃんの作文のこと。そして、大きな後悔と悲しみをお母さんに泣きながら話した。

お母さんはタオルで私の涙だらけの顔を拭いてくれた。

「咲恵。大丈夫。まだ間に合うよ」

「……え？」

お母さんがエプロンのポケットから一枚のメモを取り出した。えっちゃんのお母さんがよく使っていたかわいいメモだ。

「喧嘩してるみたいだったから、ちゃんとお別れ言えないんじゃないかと思って……えっちゃんのお母さんに聞いといたの」

私は震える手でメモを受け取った。福井県、で始まる住所をじっと見つめる。

「えっちゃんと仲直りしなさい。離れていても、お互いが友達でいたいと思うなら、友達でいられるわよ」

私はうなずいて、部屋に駆け込んだ。机の引き出しから一番気に入っているレターセットを取り出す。

えっちゃんに手紙を書こう。謝って、今までとっても楽しかったって書いて、そして、一緒にいられなくて寂しいって書いて、また一緒に遊びたいって書いて。ううん、それよりも一番最初に……。

私は便せんの一番上に『大好きなお姉さんへ』と丁寧に書きこんだ。

赤ペンを握る手を休め、時計を見上げた。午後六時五十九分。秒針が頂点へ上るのを、息をひそめ見つめる。三、二、一。七時になったのと同時に、電話が鳴った。設定どおり、三回目のコールが終わると、電話は自動的に留守電に切り替わった。

「お母さん！　あのね、ノースポールが咲き出したんだよ。ノースポールは、キク科クリサンセマム属。とっても寒さに強いの。でも、水やりすぎたらいけないんだよ。根ぐされ起こすから。去年は、たくさん水あげすぎて、ダメにしちゃったけど、今年は咲いたんだよ！」

美羽《みう》の大きな声が、電話から聞こえてくる。好きな花の話ができるのがうれしいのか、電話から聞こえる美羽の声は、決まって大きい。美羽は、うれしさを抑えることができないのだ。

美羽は今年、十八になる。

美羽には知的障害があり、小学校一年生のときから、寄宿制の養護学校に入れていた。花が大好きで、高校に上がったとき、学校の花壇の一つを、美羽の担当にしてもらったらしい。その頃から、それまで不定期だった電話が、必ず日曜の七時ちょうどにかかってくるようになった。時間は決まって一分間。十円で話せるだけの長さだ。

美羽の電話は、いつだって花の話だった。

私は花のよさが分からない。大切に育てたところで、あっという間に枯れてしまうものに、愛情を抱いたこともない。それでも初めは、日曜の七時には必ず家にいるようにして、電話越しに美羽の話に相槌《あいづち》を打っていた。

しかし、ちょうど去年の今頃、友人とのお茶が長引いて、帰ってきたのが七時十分になってしまったことがある。

美羽が悲しんだのではないか。

そう思って慌てて家に帰った私は、留守電を聞いて力が抜けていくようだった。

美羽は、いつもと変わらず話していた。聞いたことのない花の名前を、興奮しながら早口で唱える。相槌がないことに、気づいてもいないらしい。

そしていつものように、十円分の時間が過ぎて、ぷつりと美羽の声は切れた。

それからは、家にいるときでも、留守電を解除しなくなった。美羽にとっては、私が受話器を握っているかなんて、大した意味を持たないのだから。

美羽の「花通信」は続いた。

「パンジーは、もう終わっちゃいそう。すごくかわいかったのになぁ。また来年も、咲いてくれるかなぁ」

ぷつり。電話が切れる。今週の美羽と私をつなぐ時間も終わった。

気を取り直し、赤ペンを握り直した。目の前には、担任をしている小学五年生のクラスの算数のテストがある。

すると、まだ一人分の採点も進まないうちに、また電話が鳴った。留守番電話の音声に続いたのは、美羽を六歳のときから見てくれている、柚木《ゆずき》先生の声だった。

「美羽ちゃんと、就職するまでの間一緒に過ごしてあげてください」

簡単な挨拶を済ませると、柚木先生は明るい声で言った。

美羽は、この三月で高等部を卒業する。その後の就職先も、学校が世話をしてくれた。養護学校に隣接する障害者施設への入寮も決まっている。

寮生活とはいえ、美羽もこの四月からは独立した社会人になるのだ。学校でも社会生活体験はしたらしいが、実際の生活を通しても、たくさん学んでほしいのだという。

美羽が来るという一週間は、私の働く小学校も春休みの時期だ。春休みといっても、実際には年度末で煩雑な仕事が多い。しかし、普段よりは美羽の相手をしてあげられるかもしれない。

柚木先生からの電話も切れると、私は立ち上がり手帳を出した。三月の第三週に、美羽の名前を書き込む。年末年始やお盆に美羽が帰ってくるときも、いつも不安がある。でも、やっぱり心のどこかでわくわくしていた。そしてそんなわくわくを感じると安心する。私はまだ、母親なのだと。


「失礼します」

呼び出され、私は校長室に行った。

「牧野先生、また表情が硬いですよ。スマーイル」

校長はいつものように作り笑顔を私に向ける。

美羽が小学校に入学する半年前に、夫が病気で逝ってしまった。それから臨時教員という形ではあるが、結婚前にしていた小学校の教師に復帰して、もう十二年が経つ。臨時教員として「ベテラン格」になり、担任も持つようになった。

しかし今年担任になったクラスには、ずいぶん悩まされた。私のことを「暗い先生」と児童や保護者が言っているのは知っている。校長からも、幾度となくこうやって注意されてきた。でも、私は子どもたちや保護者に媚びるのが教師の役割ではないと思っている。だから今のスタンスを変えるつもりはない。

しかし、今日の校長は笑顔の大切さを語りだしはしなかった。今日は表情の注意ではないらしい。校長はかけていためがねをはずし、袖口でレンズを磨きながら言った。

「牧野先生、契約の更新を見合わせてもらうことにしました」

「見合わせる？」

驚き、聞き返すと、校長は顔を上げ、笑顔の消えた顔でうなずいた。

思ってもみなかった。来年は当然、六年の担任をするつもりだった。

確かに臨時教員は、一年毎の更新だ。でも、五年生から六年生へ上がるときには、クラス替えがない。担任教師も、そのまま持ち上がるのが慣例だった。それなのになぜ。

「私のどこがいけないのでしょうか。指導要領も、全科目終わらせました。子どもたちは公平に扱いましたし、いじめだって起きていないはずです」

「新しい勤務先は、教育委員会からの連絡を待ってもらえますか」

そう言いながら、手で私に部屋を出て行くよう促す。しかし、私は動かなかった。

「こんな急に困ります。四月から収入の保証もないなんて」

「……『障害のある自分の子どもを捨てる教師に、先生なんて務まるはずがない』」

つぶやくように、校長は言った。その言葉に、私は耳を疑った。校長は続ける。

「そう保護者に抗議されたら、学校側としては、牧野先生をはずす以外ないんですよ」

担任の児童の一人、飯野忠司の母親の顔が浮かんだ。そんなことを言うのは、彼女をおいてほかにいない。私の何が気に食わないのか、この一年間、毎日のように抗議を受けてきた。でも、どこからそんな情報が漏れてしまったのだろう。

固まる私に、校長は重ねた。

「私だって不本意です。でもね、今は保護者が強いんです。だから言ったでしょ。スマーイル。親への印象が大事なんだって。春休みのうちに、引き継ぎお願いします」

校長は立ち上がり私の肩を一つたたくと、校長室のドアを開けた。


小学校で終業式が行われた日、美羽が帰ってきた。

小さなアパートの一室まで、柚木先生が付き添ってきてくれた。チャイムの音にドアを開けると、微笑む柚木先生の隣に、美羽がうつむいて立っていた。珍しくワンピース姿だ。その花柄のワンピースから、手足がひょろひょろと伸びている。背は、一昨年抜かれた。様子をうかがうように見上げた小さくて丸い目は、亡くなった美羽の父親にまた似てきたようだ。

いつもの美羽なら、帰ってきたことがうれしくて、部屋の中で大騒ぎしてしまう。壁の薄いアパートだ。夜に美羽が興奮して騒いだときには、左右の部屋の住人から苦情がきた。

でも美羽は、いつもよりもずっとおとなしかった。ワンピースを着ていることもあり、お正月に帰ってきてからまだ三ヶ月ちょっとしか経っていないのに、少しだけ大人っぽく見える。

「美羽ちゃん、チャーミングで明るくて、男の子にも人気があるんですよ。ね、美羽ちゃん」

雑談の合間に柚木先生が言うと、美羽はこくりと頷いた。すこし照れたようにうつむき、ワンピースの袖口を伸ばしだす。

その横顔を見ながら、私は不思議な気持ちになった。

美羽も、もうそんな年頃なのだ。働き始めるし、男の子の話が出れば照れる。

でも、この子が結婚して家庭を築くことができるとは思えない。この子はいずれ、一人で生きていかなければならなくなる。だから私は、少しでも多くのお金を残すために働く。それが私が親として、この子にしてあげられることなのだ。

柚木先生が帰ると、美羽は指定席となっている食卓の椅子の一つに座り、リュックサックから取り出した園芸の雑誌を読み始めた。もうずいぶん読み込んでいるようで、表紙もぼろぼろになっている。

「ラナンキュラス、キンポウゲ科ラナンキュラス属。球根は十月に植え付け。苗は三月に植え付け。三月だ、今だ！　育てるコツ。水はけのよい腐葉土などを混ぜた土に植える。ラナンキュラスきれー」

美羽の言っていることが分からない。耳をふさぎたい思いだった。

夕食が終わると、美羽は自分の食器を運び、洗い始めた。私は美羽が洗ったお皿を受け取り、布巾で水気を拭いていく。

美羽は、寮で覚えた一通りの家事をこなした。毎日、寝る前には翌日着る服のアイロンをかける。それも、一枚一枚丁寧に。新しいことを覚えるのは、美羽にとっては人一倍大変なことだった。それを、根気よく何度も何度もそばについて教えてくれたのは、柚木先生だ。私は母親でありながら、何一つ教えてあげられたことはない。

柚木先生の笑顔が浮かぶ。同じ教師でありながら、結果を出せないことにいらいらし、そして柚木先生の笑顔にどこか嫉妬《しっと》している自分が、いやでたまらなかった。

ふと気づくと、美羽が心配そうな顔で、私に寄り添うように立っていた。

洗い物はもう終わっている。私の前には、拭かれるのを待つお皿が並んでいた。

「ごめん、すぐ拭くから」

お皿に手を伸ばすと、美羽が言った。

「お母さん、どうしたの?」

美羽が泣きそうな顔をこちらに向ける。「なんでもない」と答えると、美羽の顔は一層崩れた。仕方なく私は笑顔を作りながら言った。

「お母さん、お仕事がうまくいかないんだ」

「お仕事、大変？」

「うん、先生の仕事、続けられるか分からなくて」

すると、なぜか美羽は表情を明るくした。

「大丈夫、大丈夫！　お母さんがお仕事やめたら、あたしと一緒に住めるよ」

美羽のために働いているのに。美羽の言葉にカチンと来る自分がまたいやになる。

しかし指定席に座って園芸雑誌を手に取った美羽は、再び表情を曇らせた。

「あ、ダメだ。今度は私が働くから、やっぱり一緒に住めない――ねえお母さん、あたしも四月から大変かな」

「文房具工場はきっと楽しいよ」

「あたしあそこきらい。ホチキスもきらい。あそこさむい」

美羽の口調は、だんだん駄々をこねるような言い方になる。

「でも、学園のお友達も一緒でしょう？　お母さん、ホチキスの針を箱につめるお仕事、いいと思うよ」

「私、お花の仕事がしたい。お花育てたい」

美羽は雑誌をいきなり床に投げ捨てた。半べそをかいている。泣かれてしまうと、美羽は収拾がつかなくなる。ご近所からの苦情は必至だ。私は慌てて美羽に駆け寄り、頭をなでた。

「初めての仕事でしょ。まだ、お花育てる仕事は美羽には難しいかもしれないね。今度の仕事をがんばったら、お花育てる仕事もできるかもしれないよ」

その言葉に納得したのか、美羽は雑誌を拾うと、再び音読を始めた。

それを見て、私は胸をなでおろした。

美羽も不安なのだろう。四月から、新しい生活や仕事が待っている。

でも、私はそれを深く考えることをしてあげられなかった。自分の仕事や周りの目で頭がいっぱいになっていた。美羽は私を心配し、エールを送ってくれたというのに。


柚木先生から「一緒に買い物に行ってほしい」という話があった。

美羽は、お金の勘定が苦手らしい。学校も時々スーパーで買い物の体験はさせているが、そのスーパーの店員はみな良心的だ。しかし社会に出れば、残念ながら知的障害者は金銭的にだまされるケースが多い。実際に一緒に買い物をして、支払いや品定めを確認してほしいということだった。

新しい寮で必要な日用品をそろえるのにも、ちょうどいい機会だ。一日休暇をもらい、美羽を連れて車で三十分の場所にあるショッピングセンターへ向かった。もっと近いところにも、大体のものをそろえられる大型スーパーがある。しかし、美羽と来るときは、このショッピングセンターと決めていた。

平日ではあるものの、春休みを迎えたショッピングセンターは普段よりもにぎわっていた。自動ドアが開いたとたん、美羽は走り出す。いつものことだ。

しかし、今日の行き先はいつものアイスクリーム屋ではなかった。

「お母さん、早く！　早く！」

美羽の大きな声が響く。そこは、化粧品売り場の前だった。ショッピングセンターを行きかう人々が、振り返り美羽を見ていく。

「美羽、やめなさい」

駆け寄ったときはもう遅かった。

美羽はテスターの真っ赤な口紅を、鏡も見ずに塗っていた。口紅は頬の辺りまで大きくはみ出している。目を輝かせて鏡をのぞいた美羽は、急に落ち込んだ表情になった。もっときれいに塗ったつもりだったのだろう。

「ほら、こんな顔じゃ歩けないでしょ」

私はハンカチを出して美羽の顔を拭こうとしたが、すっかり機嫌を損ねた美羽は顔を振って避ける。ようやく頬をこすることができても、なかなか落ちそうになかった。

「あの、よろしければメイクいたしましょうか」

声をかけられ、顔を上げた。化粧品コーナーの店員が笑顔で立っている。彼女の指差す先には、椅子と鏡が用意されていた。

「結構です。今日は化粧品をいただく予定はありませんので」

私はなるべく店員と目を合わさないようにして返事をしたが、美羽の表情は一瞬にして輝いてしまった。

「お気になさらないでください。気軽にお試しいただくためのものですから」

店員の説明をさえぎり、美羽が叫ぶ。

「メイク、したい！　あたしメイクしたい！」

美羽はとっとと席に座り、ニコニコしながら私と店員を見上げた。

どっちにしろ、この口紅は落としていかなければならない。一番安い化粧水くらいは買えるだろうと、私も腹をくくった。

店員は、美羽のてかてかと光る真っ赤な口紅を手際よく落としていった。まだ若い美羽の肌に薄く下地をつけていく。

そのとき、携帯電話が鳴った。液晶画面には、小学校の番号が表示されていた。

「牧野先生ですか」

聞こえてきたのは、校長の冷たい声だった。電話をもらう心当たりはある。

「昨日、飯野さんのお宅に行かれたそうですね」

私を担任から外すよう言ったであろう飯野さんの家へ、昨日行った。話を聞いてほしかった。でも、結局会ってもらえなかった。

「困るんですよ。契約を解くのは決定事項です。それに、私が一度でも飯野さんからの苦情だと特定しましたか？　うちの学校は匿名性も確保できていないということを、教育委員会に訴えるとおっしゃっています」

「でも」と反論しかけた私の言葉をさえぎり、校長は続けた。

「いいですか、牧野先生。教育委員会に話が行けば、困るのはあなたです。四月からだけじゃない、これからずっと、お呼びがかからなくなりますよ」

ひやりとした。ひたすら謝り、電話を切った。

もしも私がこのまま臨時教員の仕事を失ってしまったら、美羽はどうなるのか。十分なものを残すどころか、今の生活だってできなくなる。そう思うとぞっとした。

「はい、出来上がり」

店員のかけ声とともに、美羽の夢見るような声が上がった。美羽を見て、私も声を失った。オレンジのアイシャドーに春らしい薄ピンクの口紅。美羽は、どこにでもいる十八歳の女の子だった。鏡越しに目が合うと、美羽はにっこりと私に微笑みかけた。

「お母様もいかがですか？」

店員に言われ、私はあわてて首を横に振った。普段から化粧なんて一切しないし、今はそれどころではないのだ。

しかし、美羽が引っ張るように私を椅子に座らせてしまった。

「少しお手入れさせていただきます」

クリームが塗られ、ほんの数分で化粧がされていく。店員の指はとても温かかった。それとも、私の頬がよほど冷たかったのだろうか。

隣で見ていた美羽は終始飛び跳ねていた。

「きれー、お母さんきれー！」

美羽の素《す》っ頓狂《とんきょう》な声が響く。鏡を差し出され、私はおそるおそる覗き込んだ。

化粧をしたのは、夫が亡くなってから初めてかもしれない。こんなに私と美羽は似ているのか、と不思議だった。

「美羽、この口紅ほしい？」

尋ねると美羽は飛び上がりながらうなずいた。

「お気になさらないでください」

店員は律儀に言ってくれたが、もう美羽はお財布を出していた。

見えない境界線

「いくらですかっ」

二千三百円。店員が答えると、美羽は財布を開けて覗き込んだ。美羽は、誇らしげに千円札を二枚取り出し、店員に手渡す。しかし問題はここからだ。硬貨の判別が、美羽には難しい。

「百円玉、どれかわかる？」

私の質問に、美羽の顔が曇った。

「これが、五百円玉。これが、百円、五十円、十円、五円、一円。ほら、三百円はどうするの？」

カウンターに並べると、硬貨の上を、美羽の手が戸惑いながら動いた。

問い詰めてはいけない。「焦らず、ゆっくり、根気よく」が、柚木先生から何度も言われてきた合言葉だ。でも、思わず声を荒らげてしまう。

この子は、私がいなくなった後も、一人で生きていかなければいけないのに。いくら私がこの子のために苦労して、すべてを我慢してお金を残したところで、硬貨の違いもわからなくては、すぐにだまされて失ってしまう。

「この中で一番小さいお金はどれ？」

私の苛立ちを感じたのか、美羽の手が震えた。黙って、一円玉を指差す。

「じゃ、大きいお金は？」

美羽は、その手を十円玉の上で止めた。おびえた顔で、私の顔色をうかがってくる。

「違うでしょ、この中で一番大きいのはこれ。五百円玉」

「違う、違う違う！」

美羽はぶんぶんと首を横に振る。そしてひるむことなく、十円玉を指差した。

店員がはらはらした様子で見ている。他の客が通りすがりに見ていくのがわかったが、やめなかった。

「違わない！　五百円玉。次はこの百円玉」

「違う、違うもん。お母さんのバカ！」

「お金の価値もわからない美羽のほうが、いろんな人にバカって言われるんだよ」

「あたしバカじゃない。あたしわかってるもん。柚木先生にほめられたもん」

「ほめられた？　うそつかないの」

美羽は小さな目からぽろぽろと涙をこぼした。

「一番大きいお金は十円。柚木先生はそうだねって言ってくれたよ」

「うそ。そんなはずない」

美羽は、十円玉を取り上げると、大事そうに握り締めた。

「十円が一番高いんだよ。一番大きいんだよ。だって、お母さんに電話ができるもん」

きれいにしてもらったばかりの美羽の化粧が、涙で崩れていく。でも、美羽は気にすることなく泣き続けた。

私は立ち尽くしたまま、どうすることもできなかった。


ショッピングセンターから帰る車の中で、美羽は寮に帰りたいと言った。学校の花が心配でたまらないのだと言う。予定より三日も早い。ついに私は美羽にも嫌われてしまったのかもしれない。でも、仕方がないことのようにも思えて、引き止められなかった。

翌日、美羽を寮まで車で送ると、柚木先生が私たちを迎えてくれた。美羽は車を降りるなり、寮の建物の横をすり抜け、中庭にある花壇へと走っていった。私は車を停めて、柚木先生とともに中庭へ向かった。

私は花壇を見つめる美羽を見て目を見張った。

美羽の姿は堂々としていた。確実に家事ができるようになっていくことにも、お化粧をしたときの大人っぽさにも、私は美羽が成長していることを感じてきたつもりだった。でも、違う。花を見つめる美羽には、これまで見たことのない強さがあった。手入れを任されている責任とプライド、そして、花をいつくしむ心が、美羽をそう見せているのかもしれない。

美羽にはできない。そう言ってさまざまなことをあきらめさせようとしたのは、ほかならぬ私だったのではないか。

「美羽ちゃん、本当に花のこと詳しいんです。たくさんお勉強もしました。お母さんに似て、とても賢い子です」

「私は、花のこと全然分からないんです」

柚木先生も美羽を見つめながら言った。

「美羽ちゃんがきっと教えてくれます。ほら、日曜の電話も、ずいぶん勉強になるでしょう？美羽ちゃん、本当にお母さんとの電話楽しみにしてるんですよ」

私は返事に困った。美羽からの電話で、花の勉強をしようと思ったことは一度もなかった。

「そういえば、なんで日曜の夜七時なのか、理由聞きました？」

首を傾げると、柚木先生は秘密を教えるように声をひそめた。

「毎日したら、忙しいお母さんに迷惑だからって、一週間に一度だけ、十円分だけって美羽ちゃんが自分で決めたんです」

初めて聞いた。私が驚きながらも相槌を打つと、柚木先生は続けた。

「でもね、何曜日にするのか、何日も何日も考えてたんですよ。そしたらある日、美羽ちゃんが言ったんです。『先生、あたし、日曜の七時に決めたよ！』って」

「どうして、日曜の夜に」

「心配だからって。お母さんが、楽しい日曜日を過ごせたかどうか、心配で心配でたまらなかったんですって」

枯れたパンジーの花をいたわるように摘む美羽の姿が、涙でにじんだ。あの子は、いつだって優しかった。百パーセントの優しさを、私にくれていた。それなのに、私は。

「先生、私は……どうして私から、一度もあの子に電話をかけてあげなかったのでしょう」

柚木先生は、変わらぬ穏やかな声で言った。

「四月からは、美羽ちゃんにもきっと苦しいことがたくさんあります。今度は牧野さんから、電話をしてあげてください。美羽ちゃんがどんな日曜日を、どんな一週間を過ごしたのか、たくさん聞いてあげてください」


車に乗り込もうとした私に、美羽が駆け寄ってきた。その手には、黄色い中心から幾枚もの白い花びらが伸びる、小さな花のお手製ブーケが握られていた。

「お母さん、これあげる」

美羽がにっこり笑う。私は受け取り、胸に抱いた。

「なんて花?」

「ノースポール！　キク科クリサンセマム属」

ノースポール。心の中で繰り返した。きっとこの花の名を、私は決して忘れないだろう。

「ありがとう。きれいだね」

美羽はうれしそうに頷くと、照れたようにうつむき言った。

「あのね、お母さんが先生だって言うとね、みんな『すごい』って言ってくれんの。あたし、お母さんが『すごい』って言われるとね、とってもうれしいんだ。だから、やっぱりお母さんお仕事がんばって。あたしも、がんばる。がんばるよ」

美羽は花のような笑顔を見せて手を振ると、また花壇のほうへ走っていった。

運転席に座ると、助手席に置いたノースポールの優しい香りが、ほのかにしてきた。美羽の花に向ける強いまなざしが、私のことも励ましてくれるようだった。

ぼくのともだち

昭和三十九年の初夏、わたしは七歳で、自分のことを「ぼく」と言っていた。

とにかく体の弱い子どもで、毎日、熱だ頭痛だ耳鳴りだと、学校もろくに通えないほどだった。未婚でわたしを産んだ母は、看病のための欠勤が重なって、会社をクビになりかけると、あっさりわが子を手放した。山深き村にひとりで暮らす祖母に預けたのだ。

わたしは生まれて育ってきた東京という町を離れたくなかった。秋に開催されるオリンピックに向けて、いたるところで工事が進む町の変わりゆく姿をそばで見ていたかった。

「テレビも電話もない家なんていきたくない。『ひょっこりひょうたん島』が見たいんだもん」

抵抗するわたしを、母は「『療養』って何もないところでするものでしょ」と軽くいなした。

そんなふうに嫌々やって来た山里だったが、馴染むのは案外早かった。初対面に近い祖母を好きになったのが大きいと思う。口数すくなく、いつもにこにこ微笑む祖母といると、植物のそばにいるみたいで落ち着けたのだ。祖母といっしょに畑へ出たり、花を編んだり、漬物をつけたりしているうちに、あっという間に日は過ぎていった。ひょうたん島もオリンピックも遠くなり、熱や頭痛や耳鳴りはウソのようになりをひそめた。

母からは週に二、三通ずつ手紙が届いたが、わたしはろくに読みもしないで積み重ね、返事を出さなかった。自分を「捨てた」母に怒っていたし、それ以上に傷ついてもいたからだ。

山里での暮らしでわたしが一番困ったのは、『遊び』だった。東京では体が弱いこともあって、家でひとり遊びをするのが当たり前だったが、元気になれば外に出たくなる。外で地元の子どもたちが遊んでいるのを見れば、仲間に入りたくなる。しかし、「いーれーて」と何度頼んでも、「よそもんとは遊ばねぇ」と断られてしまうのだった。

毎日泣いて帰ってくるわたしを、祖母は慰めたりしなかった。ただ、にこにこ笑っていた。

「よそもん？　この世によそもんなどいねぇ。人も動物も虫も花も、みんな仲間だに」

「そんなこと思ってるの、おばあちゃんだけだよ」

わたしは鼻をすすって拗《す》ねつつも、祖母の言葉に希望を託してまた外へ出た。

ある日、いつも地元の子どもたちが野球をしている空き地に、誰もいないときがあった。わたしは彼らの他の遊び場を知らず、途方に暮れた。そして、七歳の子どもなりに考えた。

「野球がうまくなれば、向こうから『遊ぼう』って誘ってもらえるかも」

近くに転がっていたバット代わりの棒切れを拾い、やみくもに振りまわしていると、後ろのほうからため息が聞こえてきた。

「あーあ。素振《すぶ》りはもっと腰をまわさねぇとダメじ」

見れば、山の木立に隠れるようにして、野球帽をかぶった男の子が覗いている。内容はダメ出しであり、口調もそっけなかったけれど、話しかけてくれただけでわたしは嬉しかった。

「ねえ、野球ってどうやるの？　教えてくれない？」

他人との距離のとり方に慣れていないわたしが親しげに話しかけると、男の子は大きな目をさらにみひらいた。野球帽をかぶりなおし、自分を指さしながら近寄ってくる。

「俺に聞いてるのかや？」

「うん」

わたしがうなずくと、男の子は一瞬ゆるみかけた口元を必死に結んでへの字にした。

「野球を知らねぇなんて、おまえそれでも男かや？」

男？　わたしは自分の姿を見下ろした。髪は短く、色は黒く、体はどこも細くてゴボウのようだ。おまけに今日の服は紺色のTシャツに白い半ズボン。なるほど、男の子に間違われてもおかしくない。わたしは納得した。そして、女であることがバレたら遊んでもらえなくなるかも、と考え、あえて訂正しなかった。

「知ってるよ、野球くらい。……今まではテレビで観るだけだったけど」

わたしは棒切れを振りまわして、「神様、仏様、稲尾様」と叫んだ。男の子は呆れたように首をすくめ、「稲尾はバッタージャねぇ。ピッチャーずら」とまたため息をついた。

「俺、ケンイチ。十歳だ。おまえは？」

「わた……いや、ぼく、ユウ。七歳だよ」

「よし。じゃあ俺がユウに野球を教えてやるずら。まずは素振りからだに。やってみっし」

わたしの素振りを見たケンイチは「体を流すな」「下からあおるな」「後ろ足でふんばれ」「球を軸でとらえろ」と次から次に指示を出しはじめた。三十回振っただけで、わたしのやわらかい掌にはマメができ、五十五回目には全部のマメがあっさりつぶれて血だらけになった。

泣きべそをかいてうずくまるわたしを見て、ケンイチは「弱っちいヤツだな。女みたいだに」と不服そうに口をとがらせ、「もう帰っていいずら」と背を向けた。

わたしが鼻をすすりながら「明日も遊んでくれる？」と尋ねると、ゆっくり振り向く。

「ま、いいけど」

しぶしぶな言い方とは裏腹にケンイチの頬はゆるみ、えくぼが浮かんでいた。

こうしてケンイチは、わたしのはじめての『ともだち』になった。短気でいばりんぼなケンイチだったが、そのぶん親分肌でよく面倒をみてくれた。だからわたしもなついて、朝から晩までケンイチのあとをくっついて歩き、毎日ふたりでいろいろな遊びをした。

今でも覚えている外遊びのほとんどは、ケンイチから教わったものだ。『野球』はもちろん、『かけっこ』『缶けり』『かくれんぼ』『木のぼり』『かかし』『陣《じん》とり』『虫とり』『秘密基地づくり』、わたしはどれも夢中になった。誰かといっしょに遊ぶ楽しさをはじめて知ったのだ。ただ川に入ったり、山に登ったりするのも、わたしにはじゅうぶん冒険で娯楽だった。

ひとつ不満だったのは、何度頼んでも『ゴムだん』では遊んでくれなかったことだ。「女の遊びだに」と一蹴された。ケンイチの前では「ぼく」であるわたしは涙をのむしかなかった。

毎日太陽を浴びて手足を動かし、力いっぱい笑っていると、自分の中からむくむく力が湧いてくるのがわかった。実際、どれだけ疲れても体調を崩すことはなかったのだ。

ケンイチは山に詳しかった。木の根元に生えているキノコが食べられるかどうか一発で当てられたし、登るのに一番適した木をすぐさま見抜いてくれた。底なし沼の伝説について熱く語ったりもした。今日咲きそうな花が山のどのあたりにあるか、触っていい虫とダメな虫、イノシシの出る場所、リスと会える場所、ぜんぶ把握していた。そして、それらすべての知識を、惜しげもなくわたしに与えてくれた。ただひとつ、「ウソみてぇにカブトムシの捕れるクヌギ」

の場所を除いて。「あれは俺だけの秘密ずら」と言って、ケンイチは鼻の下をこすった。

「山博士だね」とわたしが素直に賞賛すると、ケンイチは嬉しそうにえくぼをつくった。

「全部かあちゃんに教えてもらったんだ」

そしてケンイチは自分の「かあちゃん」の話をしてくれた。蒸しパンをとても美味しくつくること、暗算が苦手で買い物のときはケンイチに財布をわたすこと、ケンイチが足をくじいたときは毎日おぶって山を越え、学校に送ってくれたこと、寝る前にいつも昔話をしてくれるが、そのほとんどがとてつもなく怖い話であること、勉強ができなくても怒らないが、弱い者いじめをするとゲンコツを浴びせられること、髪を切ってもらうと必ず虎刈《とらが》りにされること。

かあちゃん、という言葉を口の中で転がすときのケンイチは本当にしあわせそうで、わたしは羨《うらや》ましさ半分、妬《ねた》ましさ半分、熱心に聞き入ったものだった。


庭の草花や畑の野菜、そして村を囲む山々の色がいちだんと濃さを増した頃、梅雨が明けた。

「ユウ。今年もベニスジヤマユリが咲いたずら。今から採りにいこう」

その日、お昼ごはんからわたしが戻ると、ケンイチは長い花の名前をするすると口にした。

「べにすじ?」

「紅《べに》。赤いヤマユリだよ」

ヤマユリがどんな花かも知らないわたしの前で、ケンイチはもどかしそうに体をゆすった。

「ヤマユリは白が普通だに。赤いのは珍しいんじ。十年に一度、発見されたらいいほうずら」

ケンイチはせわしなく山を振りかえり、はじめてわたしに頭をさげた。

「咲いてる場所は、村で俺しか知らねぇ。……なあ、頼む。いっしょに採りにいきまっしょ。かあちゃんにあげたいんずら。ヤマユリは、かあちゃんの一番好きな花だに」


ケンイチの気合に押されるように、わたしは細い山道を登った。七歳の子どもにとってそれは想像以上に険しい道で、ともすれば弱音を吐いた。そんなわたしの気をまぎらわそうと、ケンイチは東京の話をせがんだ。わたしは思いつくまま、オリンピックに向けて、土の道が片っぱしからアスファルトになっていく様子や、数年前に完成したテレビ塔のすごさを語った。

「東京タワーっていうんだ、そのテレビ塔の名前。聞いたことあるでしょ？　すごーく高いんだよ。そのへんの山より高いんだ。ケンイチが東京きたらさ、いっしょに登ろうよ」

「そうだな」とケンイチはなぜかさびしそうに微笑んだまま、うなずこうとしない。わたしは切り札を出した。

「じゃあ、後楽園球場にもいこう。ケンイチ、野球好きでしょ？」

予想どおり、ケンイチの瞳に力がこもる。野球帽のつばを軽くにぎって、宙を仰いだ。

「ジャイアンツの本拠地か。いいなあ。巨人戦観たいなあ。オウとナガシマが観たい。ＯＮのアベックホームランを生で観たいよ……一度でいいから……」

ケンイチの野球帽には巨人軍のマークがあった。

「今からだって観られるって」とわたしは気安く請け負ってから自分の現実を思い出し、「でも……いつになるかな……」といきなり暗い声になった。

「どういう意味だに？」

ケンイチが不思議そうに首をかしげる。きっとケンイチにはわからない。親を愛し、親から愛されるのが当たり前の子どもにはわからないだろう。わたしは目をそらし、吐き捨てる。

「ぼく、おかあさんに捨てられたんだ。病気ばっかりするぼくのことなんて邪魔みたいだよ」

「バカ！」とケンイチがわたしを怒鳴りつけた。

「勝手にいじけてんじゃねぇ。本当におめぇが邪魔で捨てたなら、週に何度も手紙よこすか？」

母からの手紙がわたしに届いていることを、なぜケンイチが知っているのか？　尋ねようとしたとき、頬に冷たい風がふきつけてきた。見上げると、さっきまで夕焼けだった空が黒い雲に塗りこめられている。わたしと同時に空を見上げたケンイチがあわてて叫んだ。

「まずいぞ。雨がくるずら。急げ！」

しかし、すでに一時間以上岩だらけの山道を登ってきたあとだ。急げ、と言われて簡単に走れるものじゃない。それでも、わたしは不穏な黒雲から逃げるよう、懸命に上を目指した。

息が切れ、目がかすみ、足が鉛のように重くなった頃、わたしの前を身軽に進んでいたケンイチが、ようやく振り向いた。その顔は涼しげで、汗ひとつ掻《か》いていない。

「ここだに」

わたしは力をふりしぼって駆け寄る。見れば、道の脇にあふれるように花が咲いていた。密度の濃い甘い香りが鼻を抜け、喉を直撃する。わたしはむせた。なるほど、白い花弁の中央に鮮やかな赤色のすじが入っている。紅すじだ。そのすじが太いほど『赤い花』に見えた。

ケンイチにうながされ、わたしは近くで揺れていた一本を手折った。すると、まるでその行為を見咎《みとが》めるように、空がゴロゴロと嫌な音を立てた。額にぽつんと当たった小さな雨粒はたちまち大きくなり、勢いを強めた。槍《やり》が降りそそいでいるのかと思うほど痛い雨を避けて、やみくもに下山しようとするわたしを、ケンイチが止めた。

「そっちは危ねぇじ。ちゃんと道を探さっし」

「全部ぬかるみになっちゃってて、道なんかわかんないよ！」

わたしは噛みつくように言って、なおも足を踏み出した。

「止まれ！」とケンイチが叫ぶのと、わたしの近くの木に雷が落ちるのは同時だった。腰を抜かして尻もちをついたわたしは、自分が進もうとしていた茂みの先に、道がないことを知った。

ケンイチがゆっくりわたしの前にまわりこむ。

「この先は崖になってるんだに。落ちたら……ユーレイになっちまうぞ」

ピカリと白い稲妻が光った。浮かび上がるケンイチの姿に、わたしは息をのむ。


これだけひどい雨の中に立ちながら、ケンイチはちっとも濡れていなかった。


山での記憶はそこまでしかない。気づくと、祖母の家のあたたかいふとんに寝かされていた。

「どうやってここに？」とうわずった声で尋ねるわたしに、祖母がのんびり答えた。

「ケンイチが教えに来てくれたんで、あとは村の消防団に頼んで探してもらっただ」

「ケンイチ!?　……じゃあ、おばあちゃんも……ケンイチが〝見える〟の？」

「同じ質問をケンイチにもされたわ」と祖母はくつくつ笑ってから、さらりとうなずいた。

「ああ、よぉっく見えるよ。由宇《ゆう》はおらの血ぃ引いたみてぇだな」

祖母はふとんの上からわたしをやさしくさすりつつ、諭《さと》すように言った。

「見えねぇモンまで見えるのは怖い、めんどくさい、って言う人がおる。でもな、おらはありがたい授かりモンだと思ってるんずら。ことによっちゃあの世の人助けまでできるんだもんな」

「人助け……？」とふとんの中で首をかしげるわたしを、祖母はおどろくほど強い力で引っ張り起こした。濡れた新聞紙に包んだベニスジヤマユリを持ってきて、わたしに差し出す。

「ホトケさんがこの世に留《とど》まるのは、たいてい生きてるモンに言いたいことがあるからずら。その伝言を届けてやるのが、天からいただいたおらたちの仕事だに。わかるか?」

まだみずみずしい花びらを見つめたまま、七歳のわたしは「わからない」と首を横に振った。

「でも、ケンイチが困ってるなら助けたい。だって、『ともだち』ってそういうものでしょ?」

祖母はにこりと笑って、「由宇は、いい『ともだち』を持ったなあ」と頭をなでてくれる。

「この世によそもんなどいねぇ。人も動物も虫も花も、ホトケさんだって、みんな仲間だに」

祖母のいつもの口癖が、このときはじめて腑《ふ》に落ちた。


祖母に連れられ、わたしは山の斜面に建つ古い日本家屋を訪ねた。そこがケンイチの家だった。祖母はまずわたしを外に待たせたまま、「ごめんなさんし」と縁側へまわっていく。そこでどんな話し合いがなされたのか、だいぶ経ってからやっと、玄関の引き戸があいた。

祖母を真ん中にして、中年の夫婦が顔を出す。夫婦は戸惑ったような、嬉しそうな、それでいてどこか怯えているような表情でわたしを見やった。

「おめぇが……ケンイチと?」

ケンイチとよく似た大きな目の女性が声をうわずらせた。乱れた黒髪、荒れた肌、洗いざらしの浴衣《ゆかた》、赤い紐《ひも》をしめた腰は細すぎて頼りない。この人がケンイチのおかあさん？　わたしは正直面くらう。ケンイチの話から想像していた、エネルギッシュな女性とはあまりにイメージがかけ離れていた。我が子を永遠に失ったことで母親はやつれ、変わり果てていたのだ。

わたしと祖母は奥の座敷に通された。その部屋にはケンイチの写真が飾られた仏壇があった。写真の中のケンイチは輪郭がまるく、表情もあどけない。全体的に幼い印象を受けた。

『これは三年前の、生きてる俺の最後の写真だに。ユウと同じ七歳だった。まだちいせぇな』

ふいに声が響いて、わたしは振りかえった。への字口のケンイチが座敷の柱に寄りかかるように立っていた。わたしの視線が虚空にとどまるのを見て、ケンイチの母親が不安げに尋ねる。

「ケンイチがこの部屋に？」

「いるよ。この写真よりずっと大きくなってる」わたしは手をあげてケンイチの身長を示した。

「背はこんくらい。年は十歳」

「成長してるんかや？」と信じられないように父親が叫び、母親はじっと写真に目をやった。十歳の息子を想像しているのだろう。

「今、どのへんにおるんですか？　ケンイチは」と父親が周囲を見渡す。私は母親を指さした。

「おばさんの背中にまわって、寄りかかった。おんぶみたいにぶらさがってる。とても嬉しそう」

『余計なこと言うな』とケンイチから怒られた。ケンイチの母親は、わたしの視線を辿って振りかえる。しかし、すぐに力なく首を振った。

「何も見えんずら。もうやめまっしょ。たちの悪い冗談だに」

「でも、いるよ。あ。今、隣に座って、おばさんの手をにぎった」

ケンイチは心細そうに眉を下げ、母親の手を離さなかった。「かあちゃん」と祈るようにつぶやき、じっと母親の顔を見つめた。長い沈黙ののち、母親が右手をおずおずとさする。

「こっちの手、あたたかい……気がするだ」

彼女がさすったのは、間違いなくケンイチのにぎったほうの手だった。ケンイチの顔がぱっと明るくなる。わたしを見て、得意げに鼻をふくらませた。

「変わってねぇね。外じゃいっぱしにガキ大将をきどってたが、家では甘えたで、母親の尻ばかり追ってたんずら」

父親が声をつまらせて笑う。彼は知らない。真っ赤になったケンイチが困った顔で『ばらさねぇでよ、とうちゃん』と腕を引っ張っていることを。

わたしはケンイチの見守るなか、持ってきた花を母親に渡した。母親はまじまじと見つめ、「ベニスジヤマユリ」とつぶやく。さすがケンイチのおかあさん、とわたしは嬉しくなった。

「ケンイチからのプレゼントだよ。おばさん、ヤマユリが花の中で一番好きなんでしょ?」

図星だったのだろう。母親は息をのみ、「これ……どこで採ってきた？」と尋ねた。

「山の頂上近く。村でその場所を知ってるのは、ケンイチだけなんだって。すごいよね！」

言ってから気づいた。はしゃいでいたのは、わたしだけだ。重い空気が場を満たしている。

「そうだっただか」と父親が背をまるめてうなだれた。

「考えてもわからなかったんずら。どうしてケンイチはたったひとりで山に、それも頂上近くまで登ったのか……。あれは三年前の今頃だった。そうだっただか。ヤマユリをかあちゃんに……」

あとは言葉にならない。ケンイチの父親はわたしに背中を向けると、ぐすぐす鼻を鳴らした。

ふいに母親が立ち上がり、両腕を前に伸ばした。そして、ためらいなく呼びかける。

「おいで、ケンちゃん」

やさしい声だった。ケンイチは泣きながら母親の胸に飛び込んでいった。母親は両腕を交差させ、空気をそっと包み込む。わたしの説明はもう必要なかった。ケンイチの母親は、たとえ自分で見たり触れたりできなくても、そこに息子がいると信じたようだ。

「ケンちゃん、ありがとう。ベニスジヤマユリとても綺麗だに。嬉しいずら。ありがとうな」

そうつぶやいて笑う母親の頬には、ケンイチと同じえくぼができていた。

祖母が母子のそばに歩み寄る。ゆっくり膝を折って、ケンイチの顔を覗きこんだ。

「言いたいことがあったら、なんでも言っておきっし。言っていいんだに」

ケンイチは涙に濡れた目で祖母を見ると、ゆっくりうなずいた。そして背伸びをして母親の頬を両手でそっとはさんだ。

『かあちゃん、あのな……いつか、俺の弟か妹を産んでくれ』

わたしを通じてケンイチの願いを聞くと、母親は困惑したように「でも」と口ごもった。ケンイチは眉を下げ、懸命に母親の体を揺さぶる。

『かあちゃん。あたらしい生活をはじめたからって、俺への裏切りじゃねぇじ。俺の夢を見なくなって、俺の背がどれくらいだったかわからなくなって、毎日泣かなくなって、どんどんどんどん俺のいねぇ生活に慣れることが、罪ではねぇだ。俺はかあちゃんとうちゃんに愛されたこと、今も愛してもらっていること、ちゃんとわかってっから』

なるべく一言一句違わぬように伝えながら、わたしはもどかしくなる。言葉は伝えられる。でも、大好きな『かあちゃん』の顔を見上げて必死に語りかけるケンイチの姿を、背伸びした足の裏の小ささを、母親の浴衣をぎゅっとにぎる拳《こぶし》のけなげさを、ひたすらまっすぐに両親を見つめる強い愛を、それらすべてがケンイチの存在そのものだということを、どうやってこの人たちに知らせてあげたらいいのだろう？　わからない。わたしは無力だった。

『だから、俺にしてくれたみたいに、弟や妹たちにも、美味しい蒸しパンをつくってやっまっしょ。怖い昔話をしてやっまっしょ。買い物の計算をまかせてあげまっしょ。弱い者いじめをしたらゲンコツで叱ってやっまっしょ。いっぱい頭を撫でてやっまっしょ。いっぱい抱きしめてあげまっしょ。……あ、でも虎刈りは勘弁してやってっしょ』

ケンイチの父親も立ち上がり、母親の肩を抱いた。そしてわたしの視線からケンイチの位置をはかり、息子と視線を合わせるように、そのあたりを見つめてうなずく。

「ああ。約束するだに」

母親も小さく何度もうなずいた。ケンイチはほっと肩の力を抜いて、母親から離れる。三歩さがってすこし寂しそうに、でも誇らしげに鼻の下をこすった。

『俺も約束する。次の子どもは、かあちゃんたちを遺《のこ》して先に逝ったりなんか絶対にしねぇから。どんどん大きくなるから。安心して見守ってあげまっしょ』

祖母が立ち上がって障子をあけ、ついで窓もあけた。茜色の日差しが畳を染める。

「もういいかい？」

祖母は小首をかしげてケンイチに聞いた。ケンイチはまぶしそうに目を細め、うなずいた。

風呂敷包みの中から塩と清酒を取り出す祖母に、わたしが「何してんの？」と声をかける。

「ケンイチがいくべき場所へ、送ってやるんずら」

「成仏させる……ということかや?」

ケンイチの父親が尋ねると、祖母はうなずき、裸足のまま庭に降りた。わたしはあわててあとを追う。祖母の着物のたもとをつかみ、前へまわりこむ。息があがって、肩が上下した。

「待ってよ! 成仏ってどういうこと? いくべき場所って何? ここでいいじゃないか。おとうさんもおかあさんもいるんでしょ? ケンイチはここにいていいじゃないか!」

「人は死んだら、いくべき場所がある。どこかは知らねぇが、ここでねぇことはたしかだに。この世は、ホトケさんにとっちゃ暗すぎる場所やからね。もっと明るいところへいかねぇと」

ケンイチが祖母の隣に立って、困ったような顔でわたしを見ていた。わたしは地団駄を踏む。

「やだよ! やだ! ケンイチ、いかないで! もっとぼくと遊ぼうよ。東京にもいこうよ。後楽園球場で巨人戦観てさ、東京タワーに登ってさ」

『ああ。一度でいいからいきたかった』なんてケンイチがしずかに言うから、涙が出てしまう。

「ぼくをおいていかないでよ」と泣きくずれるわたしはまだ七歳の、ただの駄々っ子だった。

ケンイチは申し訳なさそうに肩をすぼませ、わたしに近寄った。

『ユウ、ごめんな。俺、ユーレイでごめんな。それから、ユーレイだってことをずっと黙ってたのもごめんな。ユウは弱っちいから、言ったらぜったい怖がると思ったんだに』

ケンイチは一瞬ためらった後、早口になった。
『そしたら、もう遊べなくなってしまうだ。俺、死んでからずっとひとりだったから……また
ひとりぼっちになるのは嫌だったんだに』
その告白は、ガキ大将の最大の譲歩だった。わたしはケンイチが送った寂しい日々を想った。
大好きな両親も、友達も、みんな彼のことが見えない。彼の声が聞こえない。彼は誰とも喋れ
ない。たまに気づいてもらえても、いたずらに怖がられるだけ。そんな日々、もし自分だった
らどう？　耐えられた？　心に問いかけてみる。そして自分の残酷さに気づいた。
わたしは、ケンイチをそういう日々にとどめようとしているのだ、と。
「成仏って、ひとりぼっちじゃない世界にいけること？」
わたしが尋ねると、祖母が深くうなずいた。「じゃあ」と、わたしは手の甲で涙をぬぐう。
「お別れする前に、ぼくもケンイチに言っておきたいことがある」
きょとんとするケンイチに、わたしはニヤリと笑ってみせた。
「ぼく、本当は女の子だよ。由宇って名前の、女の子なんだ。ぼく……じゃなくて、わたしも、
本当のこと言ったらケンイチが遊んでくれなくなると思って黙ってた。おあいこだね」
ケンイチは大きな目をみひらき、「ぜんぜん気づかなかったずら」と笑った。「ひどい」とふ
くれつつ、わたしも笑った。笑いやむと、ケンイチは真顔で「いろいろありがとう」と言った。

わたしとケンイチの両親が見守るなか、祖母は塩で地面にふしぎな曼荼羅《まんだら》を描き、清酒をふりかけた。そして、その模様の上にケンイチを立たせる。ケンイチは深呼吸して空を仰ぐと、「まぶしい」と言った。何が見えているのだろう？　生きているわたしたちにはわからない。

『さよなら、とうちゃん。さよなら、かあちゃん。今度会うときは、あっちの世界だに』

ケンイチは微笑んで空を指し、「ゆっくり来ていいじ」と付け加えた。わたしがケンイチの言葉を伝えると、両親の顔は泣き笑いでゆがんだ。

最後にケンイチはわたしに「ウソみてぇにカブトムシの捕れるクヌギ」の場所を教えた。

『夏になったら地元のヤツらにも教えて、いっしょに捕りにいきっし。きっとそのうち野球の仲間にも入れてくれるだ。そしたら、ナガシマみてぇなホームランかっ飛ばしてやりっし』

「まかせてよ」

わたしは力こぶをつくってみせた。このふにゃふにゃの筋肉がもうすこしかたくなる頃には、ケンイチのおかげで、あたらしい『ともだち』ができていることだろう。

でも、これからどんなにたくさんのともだちができても、わたしはケンイチを忘れない。『はじめてのともだち』を忘れはしない。

さよなら、さよなら、ぼくのともだち。わたしはいつまでも手を振りつづけた。

運び屋

戦争が終わり、三年が過ぎた。負傷兵として帰還した今の俺は、上等兵でも何でもなく、ただの運び屋だ。

東京で上映されたフィルムを夜行列車に乗って地方へ運ぶ。その地方で上映が終わった映画をさらに次の土地へ運ぶ。学歴や商売心がなくても、五体さえあれば誰にでもできる。無能な俺にはぴったりの仕事だ。

今回訪れたのは、まだ建てられたばかりの長野県の小さな映画館だった。戻りの列車までの間、試写中の映画館の中で休ませてもらうことにした。東京で上映を終え、地方に運ばれるまでに優に一年はかかるが、こんな『荒野の決闘』のような古い西部劇でも、その土地の人間にとっては十分な娯楽。

俺は左目でスクリーンのアメリカ西部の青空を見ながら、義眼である右目で隣に座る津山を見る。津山は真剣な眼差しで、でもどこか嬉々とした子供のような眼で映画を見つめている。

ああ、本当にお前は映画が好きだよな。伴奏の少ない、静かな作品。俺は津山に問いかける。

「この映画の主役は、本当にワイアット・アープだろうか」

映画の世界にのめりこんでいるのだろうか、津山からの返事はない。

「俺にはドク・ホリディの気持ちの方がよくわかるな」

ドク・ホリディは医者の地位を捨て、西部の荒くれた街で賭博の元締めをしていた。ワイアット・アープとドク・ホリディは互いを認め合い、友情を深めていくが、ラストシーン、宿敵との決闘に臨むワイアット・アープを助け、ドク・ホリディは命を落とす。

銃口から放たれる弾の音が館内に響き、俺の記憶を呼び起こさせる。

津山と過ごした、中国内陸部の西安の戦場。スクリーンのアメリカ西部の青空と変わらないだだっ広い西安の空の下、俺と津山は確かにそこにいた。青空を失ったあとも、俺と津山は一緒にいた。薄暗い塹壕《ざんごう》の中、ひっそりと息を潜めながら、俺と津山はいた……。

そして俺は今、塹壕のように薄暗い映画館の中で一人、あの悪夢のような日々を思い出し、自分の存在を消すようにまた息を潜める。

昭和十八年。当時十九歳だった俺は、自ら志願し、太平洋戦争に出兵した。幼少の頃から家業の豆腐屋を手伝い、外ではガキ大将だった。ガキ大将っぷりは戦争が始まる頃になっても健在で、腕力と人情で界隈の青年たちを束ねるようになっていた。

俺が志願兵となれば、町のみんなの手本になるだろう。それに、兵役の俸給は貧しい実家の助けになる。俺は学歴はなかったが、お国のためを思い、命がけで務め、それが評価され数ヶ月のうちに上等兵に昇進することができた。


津山貞一《つやまていいち》とは、送られた中国西安で同じ部隊だった。

ふざけた野郎。というのが俺から見た第一印象だった。目に全く野心がない。

二十四歳で大学出、徴兵でやってきた津山はずっと二等兵のまま。長野県の出身で、大きな温泉旅館の跡取り息子だという。ぼんぼん育ちで出世や手柄には無関心、呑気に詩をそらんじたり芝居の真似なんかをしていて、戦地にいるという緊迫感は全く感じられなかった。生い立ちも何もかも俺とは見事に正反対の人間。

下町の血気盛んな男臭い仲間の中でもまれてきた俺にとっては、こんな奴は初めてで、同じ部隊でなければ一生口をきくこともなかっただろう。

しかし、俺が毛嫌いしていることを知ってか知らずか、津山はことあるごとに明るく俺に声をかけてくる。

「佐倉、佐倉」

すると部隊の他の者があとを追うように、

「さくら、さくら」

と唄いだす。俺はからかわれている気がして、腹立たしかった。お国の大事に呑気に歌を唄い、しかもお国のために必死な俺の名前で遊ぶなんて。

津山が年長なこともあり、しばらくは我慢していたものの、こんなやりとりが続くうちについに堪忍袋の緒が切れてしまい、激しく津山の胸倉をつかんだ。そのとき、

「今頃は故郷の桜が満開だ」

とぼそりとつぶやき、場が静まった。俺の瞼に、ある風景が浮かんだ。

小学校に上がる前、豆腐を売り歩く父の後ろをついていったときのこと。大きくたくましい父の背中と自分の間に、ひらりはらりと桜の花びらが舞い降りた。花びらはそのまま、豆腐の上に浮かび、白い豆腐をほんのりと色づける。豆腐が春の陽気に頬を染めているようだった。父を呼び、豆腐を指差すと、父はいつも険しい頑固職人の顔をそっとほころばせ、

「そのままでいい」

と言い、黙って歩き出した。あの頃は意味がわからなかったが、今なら父の気持ちがわかる。

他の兵士たちもみんな、それぞれの心の内にある「桜」を思い出していたのだろう。黙りこみ、泥だらけの顔におぼろげな瞳を浮かべていた。サクラ騒動で若い兵隊たちは里心を覚えて

しまったが、そのことを口に出せるものは、誰一人としていなかった。

ここは、戦場。里心など、一切無用だ。


大陸特有の爽やかな晴天のある日。上官が「紙ヒコーキ大会」を提案した。翌日から部隊は塹壕生活に入る予定だった。今日ぐらい、明るい大空の下で風に当たらせてやりたいとでも考えたのだろう。

現実逃避をしたかったのか、何もかも忘れて子供の頃に戻りたかったのか。みんな、紙ヒコーキ競争に目を輝かせ、紙の取り合いが起こるほど興奮していた。俺は自分の折り方に合う紙を確保し、誰にも折り方を盗まれないように背を向けて隠しながら折った。ガキ大将だった頃、喧嘩も強かったが、紙ヒコーキでも負けたことはない。

それぞれの少年時代がつまった、すべて形の違う紙ヒコーキが揃った。地平線まで広がる青い空の下、それぞれの紙ヒコーキが、同じ方向へ向かって一斉に飛び立った。誰が言ったわけでもなかったが、すべてのヒコーキが目指した方向は、日本だった。

それぞれの想いの強さからか、数秒で落ちるヒコーキは一つもなかった。

しかし、やがて一つ落ち、二つ落ち……最後まで残ったのは俺と津山のヒコーキだった。俺の作ったヒコーキが、こんなふざけた奴のヒコーキに負けるわけがない。飛べ、飛べ！

しかし、俺のヒコーキは旋回を始める。津山のヒコーキはまるでエンジンがついているかのように、一定の高さを保って飛び続けている。もしかしたら、このまま日本に飛んでいくのではないかと思わせるほどに、ゆったりと……。

白い煙がゆらめきながら上昇する。その夜、津山は褒美として与えられた上等なタバコをうまそうにふかしていた。

「佐倉もどうだ、一緒にやろう」

津山の差し出したタバコを、俺は断った。それは、勝者に与えられた褒美。たかが紙ヒコーキ。だが俺は悔しくてたまらなかった。津山のヒコーキが静かに着陸したあと、拾って折り方を見てみたい衝動に駆られたほどだった。もちろん、そんな卑怯な真似はしなかったが、津山の紙ヒコーキが飛ぶ姿が忘れられない。

俺は黙ったまま、タバコの先の灯りをじっと睨んでいた。津山は諦めて、差し出したタバコをひっこめ、また、悦《えつ》にいった顔で煙を吐きながら呟いた。

「今日のヒコーキ大会をフィルムに撮っておきたかったなぁ」

フィルム？　俺はさらに顔を険しくした。

「俺はな、映画監督になりたいんだ。学生時代、撮影所で働いていたこともあるんだぜ。まあ、使い走りみたいなもんだったけど。でも、実家を継がなきゃいけなくなってなあ。親父を説得できなかった。親父にはわからないんだよなあ、映画の素晴らしさが」

数時間後には塹壕生活が始まるというのに、緊迫感の感じられない津山に、また苛立ちを覚えた。しかし、津山の頭の中では、もうフィルムが回っているようで、俺の胸中なんて気づきもせずに話し続ける。

「今日の主役は佐倉だな」

「……自分は敗者ですよ」

「だからさ、佐倉の悔しがる顔は実にいい、画《え》になるよ」

俺は自分の頭に一気に血が上るのを感じた。

「君には役者の素質がある、いっそ目指したらどうだ？　役者は楽しいぞ、な、日本に帰ったら俺の映画に出てくれないか」

ふざけるな！　男とは、年齢が来れば汗水流して働き、家族を養っていくもの。役者なんて、苦労を知らない金持ちのままごとじゃないか！　俺を無能扱いしやがって！

気がつくと、津山を殴りつけていた。こんなふざけた奴に負けた自分が許せず、一瞬でも紙ヒコーキの折り方を盗みたいと思ったことがなおさら俺を惨めにさせた。

頬を押さえながら地面に倒れる津山を見て、少し冷静になり、自嘲的に笑った。紙ヒコーキの折り方なんか盗んだところで、それをいつ、どこで楽しめるというのだ。

もやもやとした気持ちをひきずったまま塹壕生活が始まった。内陸戦で成果を上げるのは航空戦力ではなく、地上戦による爆撃。塹壕にこもって火薬を守り、ゲリラ戦に備える歩兵こそが勝利の鍵。それだけに、重要な任務であり、また、激務だった。

塹壕の中は湿気が多く空気がよどみ、じめっとした土の壁が迫ってくるような閉塞感がある。雨が降れば視界はゆがみ、濁った水がくるぶしまで溜まる。最悪な衛生環境の中、皮膚病にかかるのも時間の問題だった。かといって、時間が経てばここから出られるという確約などどこにもない。

初めての塹壕生活は、強靭な俺の精神すらも麻痺させていった。狭い曇り空を見上げると、そこが現実なのか悪夢の中なのかわからない錯覚に陥る。俺は、底のない闇の中に落ちていっているのか……。

そんな俺を現実に呼び戻すのは、津山の呑気な鼻歌だった。我に返り、闇に目を光らせる。そして敵がいないことを確認すると、今度はその目で津山を睨むのだった。

「あの夜はすまなかったな」

二人で火薬庫番を命じられたとき、津山がぼそっと切り出した。居眠りばかりで不真面目な津山の疲労も顕著で、言葉がやっと聞き取れる程度まで弱っていた。

俺の肉体と精神状態もピークに達し、もう、口を動かす力も惜しく、聞こえないふりをした。それ以前に、なぜいまさら謝るのかわからなかった。俺の中じゃ太陽の下にいた頃のことなど遥か遠い昔のことだった。

「佐倉は、日本に帰ったら何をするんだ?」

日本に帰る……。何の話だ? 夢物語か? いつ帰れるというのだ? この闇から抜けることすらできる気がしない。

「俺は父に従うよ、旅館の若旦那さ。俺はこう見えても妻子ある身だからね」

妻子? こんな浮ついた奴が人の親なわけがない。やはり、夢物語だ。映画を撮るなんてのも、夢物語。そう思ったが、津山の言葉は真剣そのものだった。

「出兵直前に子供が生まれてな、男の子だった。なぁ佐倉、親の責任は重いなぁ、俺は親父の気持ちを少しだけだが理解したよ」

男の子? 親の責任だと?

「考えようによってはさ、この穴蔵にいる今こそが、俺の最後の自由なのかもしれないなぁ。戦地で自由を満喫する男、か……」

「……いよいよ気が触れたか、津山」

「佐倉は、国に帰って自由があるか？　待ち人はいるか？」

「国に……国に帰れるのは、昇進して死体として帰るか、お国が勝ったときだ。日本男児の務めとは、日の丸のために命を削ることだ。男とは……」

俺は、何度も自分に言い聞かせ続けた文句を口に出した。しかし、その搾《しぼ》り出した声の弱さに驚く。

俺には津山の言葉の意味が全く理解できない。お国の大事がわからないんだ。俺たちが何を目標に戦っているのかわかっていない。俺たちは、何に向かって……。

「佐倉、君は、弱い……。航空隊の連中の噂を知ってるか？　敵艦に突っ込むとき、あいつら、日の丸万歳なんて叫んじゃいない」

俺が……弱い？

「佐倉、最期のときはみんな、母や、自分の女の名を叫ぶんだぜ」

津山に殴りかかろうとこぶしを振り上げたそのとき、人の気配がした。

俺は反射的に銃を構える。自分がもはや人ではなく、獣にでもなったような感覚がした。暗闇で息をのみ、獲物を狙う獣。

しかし、聞こえてきたのは子供の声だった。現地人らしい子供たちが顔をのぞかせた。なんだ、子供か……。じっと俺たちを見下ろすつぶらな瞳に人間の心を取り戻し、銃を下ろす。

津山は満面の笑みを浮かべ、片言の中国語で話しかけた。面白いことを言ったのか、または、中国語が下手だからか、子供たちはおかしそうに笑っている。津山は同じように笑い、懐から白いものを取り出し、スッと子供たちに向かって投げる。

ヒコーキだった。あのときの、日本への想いを乗せて飛び続けたヒコーキ。その悠然としたのびやかな動きを、俺も目で追う。

「佐倉、佐倉。男ってのは……」

その瞬間、手榴弾が投げ込まれた。俺の視界に三個の黒い塊が転がる。

火薬庫がやられる！　と思ったのと、突き飛ばされていたのは同時だった。地面に倒れたままの俺の上に飛び込んできたのは、手榴弾をかき集めて覆い被さる津山の姿、手榴弾の破片。

俺は痛みに悲鳴をあげ、両手で顔を覆いながら地面をのた打ち回った。自分の顔が生温いもので濡れているのはわかったが、それが目から溢れ出した血なのか、それとも津山の一部なのかは……そのときにはわからなかった。

「坊ちゃん、坊ちゃん、また黙って入り込んで、大旦那に言いつけますよ」

しゃがれた男の声で目を覚ます。確かこの声は、映画館の館長の声……。

寝過ごしたか！　俺が慌てて飛び起きると、隣に小さな男の子が足をパタパタとさせながら座っていた。確か隣には津山がいたはず……。俺はエンドロールも流れ終わった真っ暗なスクリーンを見ながら、ため息をつく。

津山が、いるわけないじゃないか。津山はあのとき粉々に飛び散ったじゃないか。棒立ちになっていた上官の俺を突き飛ばし、命を張って。

なあ、津山よ。戦争が終わった今、俺には、お前の死の意味がわからないんだ。俺が失ったのは、この右目だけ。なのに、お前は、体の一部すら日本に戻ってこなかった。お前の死が尊いものだったということを証明できるのは俺しかいないのに、俺は……怖いんだよ。お前の遺族から浴びせられる「お前が死ねばよかった」という言葉と憎しみの目が。

『荒野の決闘』の空が、青いわけないじゃないか。モノクロの映画に、何を夢見ているんだ俺は。お前の気持ちになり、お前の好きだった映画を見ることで、供養している気にでもなっているのか。ああ、俺はなんて無能で、愚かで、弱い人間なんだ。

「おじさんは兵隊さん？」

黒いスクリーンを黙って見続ける俺の服の裾をつまみ、男の子がクリクリとした目で尋ねる。

「……ああ、だけどずっと昔のことだ」

ずっと昔のこと。だがずっと、忘れることはない。毎晩目を瞑れば、あのときの津山の姿が瞼に浮かぶ。両手で顔を覆えば、よみがえる血の匂い。生暖かな血のぬめり。

「おじさんは、おいらの父ちゃん？」

違うよ、と、即答するのを躊躇《ためら》うほど、男の子の目は真剣だった。父親の顔を知らない戦争遺児。裾をつかむ小さな手からは、父親がいつか帰ってくるのだという信念が伝わってくる。

その手を振りほどき、立ち上がる。もう列車の時間だ。俺はまた逃げるんだ。戦争が生んだ、幼い犠牲者からも。


ホームに立つ俺に、初冬の豪雪地帯の冷たい風が吹きつけ、思わず両目をぎゅっと瞑る。もうすぐ、列車が来る。俺はそれに乗り、罪と一緒に次の土地へ運ばれる。遠くから聞こえる列車の音と同時に目を開く。そのとき、俺の左目にあるものが映り、心臓が激しく動きだした。

それは、『高峯館』の看板。津山が語った、津山の実家。こんなところにあったのか……。

もう、この土地に来ることはないかもしれない。津山の死の真実は、俺が列車に乗ってしまえば、遺族に伝わることなく永遠に闇に葬り去られてしまう。でも、いまさら伝えたところでどうなる？　跡取りなんてすぐに見つけて、津山の死の悲しみから立ち直っているかもしれない。このままそっとしておいたほうがいいんじゃ……。

列車が近づく音と、心臓の高鳴る音が重なる。足を一歩ひき、また、戻す。いいのか？　それでいいのか……？　怖いだけだろう？　逃げたいだけだろう？

「父ちゃん」

躊躇いを振り払うように首を振ると、改札口にさっきの男の子が立っていた。ずっとついてきていたのだろうか、鼻の頭が真っ赤になっている。

「父ちゃんの名前は、ツヤマテイイチだね。おいら充《みつる》だよ、父ちゃんがつけてくれたんだろ？」

ツヤマテイイチ!?　俺は義眼が飛び出してしまいそうなほど、目を見開いた。この子が、津山の子供だというのか？　まさか、そんな……。

「父ちゃんはうちに帰るんだろ。おいらについてきてよ」

充が俺の手をとり、歩き始める。いつの間にか列車は行ってしまい、もう後戻りはできない。そうか、逃げるのはもう終わりということか。それを伝えたくてお前は、息子を俺に引き合わせたんだな。充が俺の手をぎゅっと握りしめる。

すまなかった、津山。覚悟は決まった。どんな非難でも受ける。自分の罪を話し、お前の最期を遺族に伝える。これが俺の最後の任務。

充が赤くなった鼻を何度もすする。俺は自分の首に巻いていた薄く小汚い襟巻きを充の首に巻きつける。

「あったかい、父ちゃん、ありがと」

津山、これでいいのか？　津山がどこかで見ているような気がして、俺は充の頭をなでながら彼の故郷に問いかけた。


部隊の上官だったことを告げると、『高峯館』の奥座敷に遺族が集まった。当主である津山の父が現れると同時に、空気が張りつめ、みんな背筋を伸ばした。由緒ある旅館の跡取りが犠牲になり、下町の貧しい豆腐屋の息子が生きながらえた。今まで目をそむけていた様々な現実が、鮮やかに目の前に広がっていく。覚悟を決めてきたものの、俺は申し訳なさと恐怖に震え、津山の父の顔を見ることができなかった。呼吸が苦しい。座敷全体が、恐怖や憎悪、後悔や悲しみに包まれた何とも言いがたい空気になる。

俺は何度も大きく深呼吸をし、震える右手を震える左手で押さえ、左目を激しく泳がせながら、やっとのことで津山の大手柄の報告が遅れたことを詫びた。

「ご子息は、塹壕に投げ込まれた敵国の手榴弾の爆発に全身で覆いかぶさり、身を挺《てい》して戦術の鍵を握る火薬庫を守りぬきました。見事な最期でした」

遺族のすすり泣くような声がかすかに聞こえる。

「しかしながら、そこにいた日本兵は私のみでした。ご子息に、私は、私は命を救われました。

木偶《でく》のようにたたずむ間抜けな上官を身を挺してかばい……私は、死なせてしまった。本来ならば、上官である私が、ご子息を守り、死ぬべきでした。私は……」

一度も顔を上げることなく、上ずった声で言葉を搾り出し、最後に、誠に申し訳なかったと結んだ。

やっと、伝えることができた……。


どれくらいの沈黙があったのかはわからない。槍のように飛んでくるであろう罵声を覚悟していた俺には、気が遠くなるような時間だった。

やっと口を開いた津山の父が、静かにじっと俺を見据えた。

「ひとつ……お聞かせください。そこにいた敵国の子供たちは無事だったのですか?」

「子供? ……わかりません、しかし火薬庫の爆発を免れたことから、おそらくは……」

「佐倉さん、顔を上げてください」

殴るでも罵るでも何でもしてくれて構わない。津山の父が失ったものに比べれば、俺は、何も失っちゃいないんだから。俺が歯を食いしばりながらゆっくり顔を上げると、津山の父は威厳のある、しかしどこか穏やかな口調で、

「あなたも大変なけがをされたようですね」

と言った。俺の左目の瞳は激しく揺れたが、右目は微動だにしなかった。

「慣れない土地で、さぞ心細かったことでしょう、骨身を惜しまぬお務め、誠にご苦労さまでありました」

津山の父は深々と頭を下げた。

「貞一が、最期まで人の心を持っていられた、あの子らしくいられたのは、きっとあなたのおかげもあるのでしょう。勇気あるご報告ありがとう。しかと受け取りました」

俺の中に渦巻いていた罪が全身を駆け巡り、左目から、遅れて右目から涙がほとばしった。溢れる涙とともに、自分が浄化されていくような気がした。

津山、俺はここに来てよかったのか？　なあ、よかったのか……。津山の父の中に浮かぶ津山の面影に向かって、俺は何度も何度も心の中で繰り返した。

俺は、自分が運ばなければいけなかったものを、やっと、運ぶことができた。


「父ちゃん、遊ぼうよ」

充が座敷に飛び込んできた。津山の母も妻も目頭を押さえながら、黙って俺を見て頷いた。

「よし、遊ぼう！」

父親でないことを伝えるよりも、今はただ、長い間父親を待ち続けたひたむきな心を満足させてやりたい。津山もそれを望んでいる気がした。

充は、ありったけのオモチャを持ち出してはきたものの、興奮しすぎて何から手をつければいいのかわからない様子だった。何か充に与えられるものはないだろうか。鞄の中を探ると、映画のチラシがあった。

これだ。

俺の瞼に、あの紙ヒコーキ大会の光景がよみがえった。どこまでも飛んでいく、津山の紙ヒコーキ。あれは、土地を越え、時を越え、ここを目指していたのかもしれない。

結局、津山のヒコーキの折り方はわからずじまいだ。でも俺の折り方ならばこの子に教えてやれる。なぁ津山、俺のヒコーキはお前のほど飛ばないけれど、教えてもいいか？

俺はそう津山にたずねながら、紙ヒコーキを折り始めていた。充は小さな手で一生懸命俺の真似をして折り、不細工な紙ヒコーキを完成させたが、それでも十分嬉しそうだった。

俺と充は、紙ヒコーキを飛ばしては追い、飛ばしては追った。届けたい想いが多すぎて何度飛ばしても足りなかった。津山、届いているか？　充のお前への愛情。そして、俺のお前への懺悔の想いと、それ以上の感謝の気持ち。

充が遊び疲れて寝入った隙に、俺は駅に向かった。見送りは断ったが、津山の父が、「あなたと見たいものがあるから」と言って駅まで送ってくれた。俺と二人、ホームに並んで立つと津山の父は映画館を指差し、白い息を吐きながら言った。

「貞一は映画監督になりたいと言っていました。それに真っ向から反対したんです。そんなの夢物語だと。こんなに早く逝ってしまうなら、夢ぐらい、いくらでも見させてやればよかった。あの映画館は、貞一への罪滅ぼしのために建てました……あの子は戦場で、何を想っていたのか……」

その言葉を聞いて、なぜ自分がこんなに嬉しいのかわからなかった。紙ヒコーキ大会をフィルムに残したいと言っていた津山の無邪気な表情を思い出した。

「彼は戦場でも、夢を見ていましたよ。キラキラと輝く充君のような綺麗な瞳で」

ラスト・ゲーム

まだホームルームが始まる前だというのに、日差しが強い。僕は真夏の大きな青空を見上げて汗をぬぐった。

「シュン、チャイム鳴ったぜ」

野球帽をかぶった半ズボンのリョウスケがどなる。軽やかに身をひるがえし、ボールをカゴに投げ込んで走り出す。僕はリョウスケの後を追って駆けだした。

黒いランドセルがガチャガチャと左右に揺れる。すり減った階段を昇って二階の水道の前を走り抜けると、キュッキュと床が鳴った。上履きが滑りそうになる。

五年一組の教室に着くと、クラス委員の女子、コンノが「きりーつっ」と声をあげているところだった。間に合った。

僕とリョウスケは、立ち上がったクラスメイトの陰に隠れるように、身をかがめて自分たちの席にたどり着いた。息を切らせながら、リョウスケと目線で笑いをかわす。

毎朝、授業が始まる前に僕たちはドッジボールをする。放課後は、クラブ活動のサッカー部にいい場所を取られてしまうからだ。チャイムが鳴るギリギリまで、夢中になるとチャイムが鳴ってもボールを投げ合っていることがあって、担任のフジモトは僕らが遅れて入ってくるのには慣れっこだ。いつも、しょうがねぇな、という苦笑を向けるだけだった。

けれどその日、フジモトの顔にいつもの苦笑はなかった。僕とリョウスケをにらみつけると、すぐに出欠をとり始める。機嫌が悪そうだ。

フジモトは出席簿を静かに閉じると、大きなため息をひとつついた。

思わず背筋が伸びてしまう。

「豊岡第二小学校は、三学期の前に廃校になります」

音のない教室に、くぐもったようなフジモトの声がしみわたった。

ハイコウ……？

僕は何のことだかわからず、隣のコンノをのぞき込んだが、コンノは髪を揺らして首を振る。

「リョウスケ、ハイコウって……」

リョウスケも手を振る。後ろに座っている、黒縁眼鏡のハヤミに視線を向けた。ハヤミは僕らのクラスで一番勉強ができる。授業でわからないことがあると、僕らはいつもハヤミに聞いていた。

「ハヤミ、ハイコウって何だよ」

「学校が……なくなること」

「学校がなくなる？」

「なに？」

「シクチョウソンのトウハイゴウにともなう、ガックのセイリ・トウゴウ」

「生徒数が少ない学校をなくしたりまとめたりして、学校の数を減らすこと」

「な、なんでだよっ！」

「……知らないよ」

教室内が静まりかえった。教壇に立つフジモトにみんなの視線が集まる。しかし、フジモトは何も言わず、正面を見つめたままだった。

隣でコンノが鼻をすすり、声を詰まらせた。

「いやだよ……ミナミやナオと……離ればなれになりたくないよ……」

コンノにつられて女子の仲良しグループが泣き始める。僕は騒ぎをぼんやり聞いていた。

夏の日差しが白いカーテン越しにぎらぎらしていて、蝉の鳴き声が遠くから聞こえた。

父ちゃんが死んだのは、三年前の夏のことだった。

それ以来、やさしくていつも笑ってばかりいたお母さんは、気難しい顔で毎日仕事に行くようになった。昼は駅前のスーパーでレジを打っている。夜は近くにあるお弁当屋さんの仕事の手伝いだ。

ランドセルを放りながら「ただいま!」と言えば、「おかえりっ」という返事が聞こえていたのに、今は何も返ってこない。おやつと置き手紙だけがぽつんとテーブルの上に置いてあって、物音ひとつない。いつしか僕は家に帰りたくなくなっていた。

授業が終わり、クラスのみんなが帰ってしまっても、僕はひとりで学校を歩き回った。

下駄箱の前の日だまりが気持ちいい。夏は校舎の裏の体育用具室が涼しい。花壇のひまわりを今年は十五本も育てた。プールの裏にアリジゴクがいっぱい巣を作っていて面白い……。

僕は誰よりも学校に詳しくなったし、どこにいるよりも一番落ち着いた。

豊二小は僕の場所だ。もし、なくなってしまったら……。

胸の奥が絞り上げられるように痛んだ。


「ハイッ!」

ひときわ大きな声がざわめいた教室の中に響いた。

一斉にみんなの視線が集まる。よく日焼けした大きな手が挙がっていた。……クラタだ。太い眉毛、ぎょろぎょろとよく動く眼、ガッシリとした体つき、坊主頭。顎をしゃくって人を見下すような目つきをする、イヤなヤツだ。

「ウソだね。学校はなくならないって父さんが言ってた。ショメイ運動をして、反対すれば市のエライ人も学校をなくせないってさ」

クラスがざわめく。ハヤミが何かに気がついたような顔をする。

「ユウケンシャの50分の1のショメイで、サイギケツのハッギができる……」

「なんだよ、それ」

僕は聞き返した。けれどクラタが胸をそらして、自慢げな表情で言う。

「父さんが、市のギカイに働きかけるって言ってたぜ。な、絶対、大丈夫だって」

クラタの父親は、僕でも知っているような会社のエライ人だそうだ。クラタはそれを自慢にしていて、僕とリョウスケはそういう態度が気に入らない。いつもクラタに反発していた。けれど、学校がなくなるのは、もっとイヤだ。

リョウスケにひとつうなずき返すと、立ち上がってクラタの周りに集まった。フジモトが肩を落として教室を出て行く姿が目の端に映った。

夕方、慌ただしく帰ってきたお母さんが、手を洗いながら「学校はどうだった」と聞いてくる。僕は今日あった大ニュースを一番にお母さんに教えたかった。けれど、忙しく買い物袋の中を取り出していく姿を見て、言葉が喉に詰まる。

「ふつう」とだけ応えると、「そう」と短い返事が返ってきた。

テレビに視線をやっていると、食卓にいくつも湯気があがる。食卓に着くと、お母さんが笑いかけながら、最後の皿を僕の前に置く。大きなハンバーグだ。

「いただきます」を言う時間さえもどかしく感じながら、箸をのばした。

食事が終わってお皿を片づけながらお母さんが、僕に話しかけてきた。

「……シュン、ちょっと聞いてくれる?」

エプロンでぬれた手を拭きながら、僕の前に座る。

「お母さん……結婚していいかな?」

「……え?」

お母さんは目を伏せている。口元がほころんで頬が少しだけ赤くなっていた。

その表情に、僕は思い当たった。

明け方に帰ってきて、ソファに座ったまま寝てしまうお母さんの顔。

イライラと食事を作りながら僕に小言を言うお母さんの怒った表情。

スーパーのレジで、客に応対しているお母さんの疲れた笑顔。

そんな顔しか見なくなっていたある日、お母さんが背の高い眼鏡をかけたおじさんを連れてきた。僕に挨拶を促しながら、笑みをかみつぶして頷いた久しぶりに嬉しそうなお母さんの顔……。そのときの表情が、今のお母さんの顔と同じだった。


「あの人と……？」

「うん」

応える声が朗らかに弾んでいる。

僕は……。

手をグッとつよく握りしめた。

「お母さんの……好きにしなよ」

「シュン」

お母さんが頭を何度もなでてくる。照れ臭くて頭を振ってよけた。それでもお母さんがなでてくる。髪の毛がクシャクシャになってしまう。

「お母さんがそうしたいなら、僕はいいよ」

目の前にしゃがみ込んだお母さんが、僕の目をジッと見つめてくる。

「それとね。そうなったら、豊岡市内に引っ越そうと思うの。あの人の勤め先も市内だし、どうしても、って言われてるの……」

僕は一瞬、息をのむ。

けれど、ただ頷いてみせた。頬に思いっきり力を込めて、笑顔を作って。

お母さんの顔を見ることができない。鼻の奥が熱くなる。僕はこみ上げてくるものをどうにかこらえた。

翌日のショメイ運動の会議を、僕はサボった。


曇り空で蒸し暑い昼休み、校庭の隅にある花壇にホースで水を撒いていると、リョウスケが駆け寄ってきた。

「シュン、何やってんだ、コート取られちゃうぜ」

ボールを脇に抱えて、すぐにでも走り出そうとしている。

「……今日はいいよ」

「そっか……」

僕をチラチラと横目でうかがいながら、リョウスケはボールを置くと、その上に腰掛けた。

「昨日な、クラタが言ってたショメイ運動、みんなでやろうってことになったんだ」

僕はホースの先をつぶして、水流を広げた。

「クラタの言い出したことってのがムカつくけどよ。学校がなくなるの、シュンもイヤだろ？だからさ、今回だけは協力してやろうぜ」

僕の顔をわざと見ないようにしながら、リョウスケは「な？」と念を押してくる。

リョウスケは座っているボールを揺らしながら、花壇を見つめていた。

昼休みの終わりのチャイムが鳴るまで、僕はずっと無言だった。


リョウスケの家は、僕と同じ団地の二階上にある。同じ歳ということもあり、幼稚園も小学校もみんな一緒で兄弟みたいに育った。

三年前、僕の家がそういう状態になったことをよくわかっていて、お母さんの帰りが遅くなったときなどは、「一緒にメシ食べようぜ」と誘ってくれた。僕が遠慮して断ろうとすると「ちげーよ、ゲームの相手がいないんだよ。付き合えって」と言う。

両親が東京の下町生まれだとかで、口は悪い。けれど、僕の一番の親友だった。

テレビをぼんやりと見ていると、玄関にいきなり明かりがともった。「シュン、まだ起きてるの？」と声が聞こえる。夜の仕事を終えてお母さんが帰ってきた。

「おかえり。早いね」

「引っ越し前に家を片づけておかないとね。お弁当屋さんのお仕事、減らしていくわ」

言いながらコートをハンガーにつるす。少しだけ雨のしずくが付いていた。

お母さんは僕の顔を少し見ると、前にしゃがみ込んだ。

「シュン、この前の話……本当にいいの？　我慢してない？」

「……うん」

「シュンがいやだって言うなら、お母さんは……」

お母さんが目をそらさずに見つめてくる。心が見透かされてしまいそうだ。

僕は目をそらして笑ってみせた。

「大丈夫だよ、引っ越すのだって、何だって……」

お母さんの手が僕の背中に回ったかと思うと、強く抱きしめられた。僕は一瞬体を固くしたけれど、すぐに力を抜いた。やわらかくて、あったかくて、いい匂いがする。

「ありがとう……、ありがとう……」

鼻にかかった声が、耳元に届いた。

これでいいんだ……。

僕は決めた。豊二小のショメイ運動は、やらない。

あの人が引っ越ししてほしいと言っているのに、僕が反対したら、学校に残りたいと言いだしたら、お母さんはきっと結婚をやめてしまうだろう。お母さんの悲しそうな顔も、疲れた顔も、もう見たくない。

一瞬、リョウスケの笑顔が頭に浮かんだけれど、頭を振ってすぐにかき消した。

翌日の朝、迎えに来たリョウスケと学校へ向かった。

その途中、昨日クラスであった会議のことを詳しく話してくれた。

今日から駅前でショメイ運動を始めるそうだ。クラタの両親が中心になって「豊岡第二小学校廃校反対運動の会」を作り、ショメイを集める係、ポスターやチラシを配って運動を広める係、実際に市のギカイに働きかける係に分かれる。小学生も、ポスターを描いたり、チラシを配ったりといったことを放課後に手伝う。土日にはできるだけ両親と一緒に運動に参加すること。そんな話し合いがなされたと教えてくれた。

「……俺も、ポスター作り班の班長になったぜ」

リョウスケが僕を見ないようにして言う。

「だから、シュンも今日から来いよ。クラタに任せてられねえだろ」

そう言いながら、リョウスケが笑顔で僕を振り返る。僕は小さなため息をついた。

放課後に、クラタが慣れた様子で教壇に立った。

「昨日の作戦会議で言ったよな、みんな自分の係をちゃんとやれよ。六時に駅前集合な。お母さんとかにちゃんと言って、行っていいって許可、もらってこいよな」

はーい、とみんなが元気な声をあげてバタバタと教室を出て行く。リョウスケもクラタの後について行ってしまった。

気がつくと教室は無人になっていた。窓から午後の日が差し込んでいる。シンという音が耳に響いた。

僕はゆっくりと立ち上がり、教室の後ろにある掃除道具入れを開けて、ホウキとチリトリを取り出してくる。ホウキを動かして、教壇のところから少しずつゴミを掃き出した。

僕にできるのは、これくらいだから。

家の前まで帰ってきてから、カギを忘れたのに気がついた。僕は小さく舌打ちすると、駅へ向かった。駅前のスーパーでお母さんがレジを打っている時間だ。カギを忘れたり、急な頼み事があるときには、お母さんが仕事しているところへ訪ねていくのだ。

団地を抜けて大通りを右に折れる。バス通りに出たらまっすぐ行けば駅に着く。

駅前には、仕事帰りのおじさんたちの姿がちらほら見えた。ロータリーの大時計を見れば六時近い。ロータリーをぐるっと回り、スーパーを目指して僕は駆けだした。

駅の入り口を通り過ぎようとして、足を止めた。

「豊二小の廃校に反対しましょう！」

コンノの甲高い声が聞こえたのだ。

急いで物陰に隠れる。そーっと見てみると、大人に交じって白いタスキをかけたコンノ、それにクラスのみんなの姿があった。

そうか、今日から駅前でショメイ運動をするって……。

僕はみんなに見つからないように、来た道を戻ってロータリーを反対から回り込んだ。

途中に、コスモス色のチラシが落ちていた。「市議会の学区整理に異議あり」と書かれている。しかし僕の目は、その下にあるマンガのイラストに吸い寄せられた。

マンガが得意なリョウスケが描いたイラスト……。

駅前を振り返るとチラシを次々に配っていくリョウスケの姿が見えた。

僕はチラシをくしゃくしゃに丸めて、ゴミ箱に投げた。丸まったチラシは、一度ゴミ箱に入ったように見えたけれど、カゴの枠に当たって転がった。

ショメイ運動は、その日からどんどんエスカレートしていった。

その週の日曜日には、クラタとクラスメイトのみんなは、市庁まで行ってショメイ運動をした。クラスの親たちが多勢集まって、大きなカンバンを作り演説をしたそうだ。リョウスケも、学校での思い出を書いた作文を、出てくる職員たちに向かって読んだと言っていた。地元の新聞やテレビも来ていたみたいで、次の日の新聞に小さな記事を見つけた。

クラスは、運動会や遠足の前みたいに活気づいていた。授業中も落ち着きがなくて、フジモトは毎日困った顔をしている。放課後になると、競うように教室を飛び出していく。あっと言う間に誰もいなくなり、僕は毎日ひとりで掃除をするようになった。


夕暮れの帰り道、赤とんぼの群れを見かけるようになった頃のことだ。

僕が団地の入り口に着くと、そこにクラタが腕組みをして待っていた。隣には、野球帽を目深にかぶったリョウスケがいる。一瞬だけ、クラタに目をやったが、無視して前を通り過ぎようとした。ところが、クラタが肩を強くつかんでくる。

「お前、学校がなくなってもいいのかよ」

僕は頭がカッと熱くなって、クラタの手を乱暴に振り払った。

「なんでショメイ運動やらないんだ、ってんだよっ！」

「うるさい！」

「ちょっとまてよ、まてって」

リョウスケがあわてて割り込んでくる。

「クラタも落ち着けよ。シュンにだってワケがあんだよ、きっと、な？」

クラタの前に立ちふさがって、リョウスケが僕の顔をのぞき込んでくる。

何かを頼みたいとき、心から何かを言いたいときに、リョウスケはこういう顔をする。

「……」

「シュン」

僕は奥歯を強くかみしめ目を閉じた。

頭にお母さんがなでてくれた手の感触が、よみがえってくる。

……チクショウ。

大きく息を吸い込むと、クラタの目をにらみ返した。

「あんな学校、なくなっちゃえばいいんだよっ」

一瞬、ポカンとしたクラタだが、すぐリョウスケを振り切って殴りかかってきた。

その日から、リョウスケが朝、迎えに来ることはなくなった。

朝のホームルームが始まった。

フジモトがゆっくりと教壇に歩み寄る。気づいたコンノが「きりーつっ」と声をあげた。ガタガタとみんなが立ち上がろうと動いたが、フジモトが手をあげて止めた。

「いいからみんな座ってくれ。話がある」

フジモトの表情が硬い。みんながざわめいた。

「市議会の再決議が、昨日おりた。豊岡第二小学校は……廃校に決定した」

教室が静まりかえる。

ハイコウが決まった……。

重苦しい空気の中に、嗚咽がもれた。後ろの方から聞こえてくる泣き声はクラタだった。

その日から、クラスはすっかり活気をなくしてしまった。ただただ授業があって、僕たちは座って聞いて、終わると家に帰った。

二学期の終わりが近づいてきて、カレンダーの残りもなくなってきた。昨日は、夜から雪が少しだけ降った。

久しぶりにリョウスケが僕の机にやってきた。むすっとしたまま前に座ると、ちょっとクラスを見回す。

「シュン、豊岡中央に行くんじゃねぇのか？　昨日新しい学校のクラス割りが配られたけど、お前の名前がなかったぞ」

そんな知らせが来ていたのか……。

すでにお母さんが転校の手続きをしているから、僕は知らなかった。けれど、どうせ学校もなくなってしまう。僕もリョウスケやクラスのみんなと離ればなれになるんだ。

僕は笑ってみせた。

「ああ、引っ越すんだ。市内の大きな家にさ」

リョウスケが驚いた顔をした。その先で、クラタが冷たい目でにらんでいる。クラスメイトのひとりが、「サイテー」とつぶやく声が聞こえた。


二学期最後の、豊岡第二小学校最後の日。

僕はひとりで早く学校に行った。花壇に水やりをして、教室の掃除をする。いつもより丁寧に机のひとつひとつにぞうきんをかけた。

十時から始まった終業式はあっけなく終わった。校長や教頭が何かを言っていたけれど、みんなの反応はなかった。一時間ほどでチャイムが鳴り、静かに教室に引き上げた。

教室はすっかり空っぽになっていた。後ろにあるロッカーも、みんなの書いた書道や絵がベタベタと貼ってあった壁も、窓際に置いてあった水槽も、ベランダに汚らしく干してあったぞうきんも、ない。

フジモトが最後に「どこへいっても、頑張れよ」と、力なく言った。

そして、みんな学校から去っていった。

僕は教室に残ってリョウスケの姿を探した。見回すと、いつもの野球帽が窓際に集まったみんなの中にあった。明後日には引っ越しが決まっている。リョウスケときちんと話すチャンスはもうない。ひと言でもいい、リョウスケと話したかった。

僕は立ち上がった。しかし、僕の視線を避けるように、リョウスケは教室を出て行ってしまった。

今さら、当たりまえか……。

僕は、誰もいなくなった教室を出た。廊下を下を向いたまま歩く。上履きが床に擦れてキュッキュと鳴る。階段を注意して降りる。中央の滑り止めがすり減っていて滑るから。下駄箱前に明るい日差しが当たっている。肌寒い季節でも、ここに立っていると暖かい。

校舎を出るとグラウンドが見える。サッカーのコート一面分しかない狭い校庭だけど、ここでどれだけ走り回っただろう。

僕はしだいに足を速めた。そのまま、すべてを見ないように、うつむいたまま校門を出た。校門から離れて大通りに出たところで、僕はこらえきれずに泣いた。

夕焼けで道路が赤く見える。

僕は目をこすって、鼻をかんで、顔を公園の水で何度も洗った。顔中がひりひりしたけれど、涙の跡をどうにか隠した。ベンチから立ち上がると、僕は家に向かって歩いた。

団地の入り口までやってくると、ガードレールの上に腰掛けてクラタが待っていた。

「おせーよ。ちょっと顔をかせ」

不良みたいな言い方でクラタは顎をしゃくる。そして、そのまま僕に背中を向けて、僕が来た方向へ歩き始める。

殴られても当然だ。そう思った僕は、振り返らずに歩いていくクラタの後をついていく。大通りを抜け、駅前を通ってクラタは歩き続けた。どこまでいくのか、僕は聞かなかった。クラタは一度も振り返らない。

着いたのは学校だった。

クラタは黙ったまま校門を乗り越える。僕も続いた。校庭に着いたクラタが立ち止まる。並んだ僕も校庭を見回す。

「あ……」

僕は声を失った。

もう長い間、声すらかけてくれなくなったクラスメイトたちが、そこに集まっていた。リョウスケ、眼鏡のハヤミ、もじもじしたコンノ、その友達のナオやミナミ、クラスメイトのほとんど全員がそこにいる。

そして校庭にはドッジボールのコートができあがっていた。

どうして……。

コートの中にいたリョウスケがボールを投げつけてくる。

「母ちゃんに聞いたよ。お前のお母さん結婚するんだってな。それで黙ってたのか？」

僕はこらえるのに懸命だった。ボールを取って投げ返すと、それを片手で取ったクラタが力強く投げ込んでくる。

「水臭せーやつ。だからお前、嫌いなんだよ」

クラタの投げたボールは重かった。ハヤミやクラスメイトたちが言う。

「毎日ひとりで掃除してたよな。花壇の世話も」

「学校、大好きだったんだろ」

「いつも最後まで教室にいたもんな」

歯を食いしばったけれど、涙が止まらない。

そして、最後のゲームが始まった。いつものときのチームに分かれて、ジャンプボールをクラタが取る。みんなが一斉に散らばって構えた。

時間が経って、ひとり、またひとりとアウトになっていく。リョウスケも低いボールを取り損ねてアウトになった。そして、最後にクラタと僕だけが残った。

クラスのみんなが一斉に歓声をあげた。

クラタを応援するやつも、僕に負けるなと言ってくるやつも……。大声を張り上げながら、みんな涙を流している。みんなの声がひとつに重なって、大きく大きく僕らの校舎に響いた。

白線の向こう、薄暗くなってきたコートの中でクラタが大きなモーションでボールを投げてくる。胸元に伸びてきたボールを、抱え込むようにしてどうにか取った。

「勝負っ」

クラタが両手を大きく広げてみせた。

僕はにじんで見えるクラタに向かって、思いっきりボールを投げた。ワァッと大きな歓声が日の暮れかけた空に響いた。

君の卒業式

「おばちゃん、ごめん。二十分くらい遅れそう」と真紀《まき》から電話があった。隣の駅の大型ショッピングモールで友達と買い物していたら、時間が経つのを忘れてしまったらしい。女の子だなあ、と弘美《ひろみ》は微笑ましく思う。

「いいよ。いいよ。ゆっくりおいで」

ぽっかり空いた時間で、弘美はコーヒーをいれた。マグカップの中で白っぽいコーヒーが揺れている。もともとブラック派だったが、娘の香澄《かすみ》を産んで味覚が変わったらしく、マグカップの半分以上をミルクで埋めないと苦くて飲めなくなった。

壁にかかった三月のカレンダーを眺める。今日の日付の下に『十五時〜　真紀ちゃん　カット』と黒いマジックで書いてある。

そして、明日の日付の下には小さく『卒業式』の文字。

弘美はマグカップを両手で抱え、ため息をついた。

「ごめんなさい」

きっかり二十分後、真紀がかわいいキャラクターのビニール袋を提げ、肩で大きく息をしながらやって来た。駅から全力疾走してきたのは明らかだ。弘美は「慌てなくてよかったのに」と笑いながら、乱れてしまった真紀の前髪を手櫛《てぐし》で整えてやった。

「じゃあ、いこうか」と玄関を出ようとする弘美を、真紀が押しとどめる。

「先に、香澄と会っていってもいい？」

真紀のブルゾンのポケットから、いつもの板チョコがのぞいていた。


香澄の仏壇はない。弘美が買わなかった。もともとあったサイドボードの上を片付け、香澄の写真が入った銀フレームの写真立てと、水の入ったバカラのグラス、益子焼《ましこやき》の白い小皿、それに色とりどりの天然石を並べてコーナーをつくっただけだ。線香は焚《た》かず、代わりに朝夕、アロマキャンドルに火を灯す。

真紀は慣れた調子で写真立ての前まで進み、ポケットから出した真っ赤な板チョコを小皿の上に載せた。香澄の一番好きだったお菓子だ。

「真紀ちゃん、いつもありがとね」

弘美がそう声をかけると、真紀はだまってうなずき、香澄の写真に両手を合わせた。目をつぶっている時間がいつもよりすこし長かった。

真紀の後ろ姿を眺めていると、背がまた伸びたことに気づく。弘美の胸がせつなく軋《きし》んだ。写真立ての中の娘と目の前にいる真紀とは、もうどうしたって『同級生』には見えない。

二年前、ふたりは十歳の『同級生』で、親友だった。学校へいくのもいっしょ、クラスもいっしょ、帰るのもいっしょ、遊ぶのもいっしょ、とにかく一日中いっしょにいた。

そして、あの日ももちろん、ふたりはいっしょだった。夏休みまであと一週間を切った帰り道、香澄の靴ひもがほどけた。かんかん照りの歩道にしゃがみ、香澄は真紀に笑って言った。

「暑いでしょ？　あそこの日陰で待ってて。すぐ追いつくから」

日陰を目指して歩きだした真紀が「やっぱりここで待ってるよ」と振りかえった瞬間、わき見運転の車が歩道に乗り上げ、蝶々結びを整えている香澄を背中から押しつぶした。

目の前で親友が車に轢《ひ》き殺されるのを目撃した真紀は、ショックでしばらく声が出なくなった。だから弘美が真紀から香澄の最期の様子を聞けたのは、事故後半年近く経ってからだ。

香澄との無言のお喋りを終えた真紀と連れ立って外階段をおりる。自宅の一階が美容室の店舗になっていた。オーナー兼美容師の弘美が、ひとりで切り盛りする住宅街の小さな美容室だ。

二年前からドアにかかりっぱなしの『本日休業』の札《ふだ》をはじいてドアをひらくと、ひんやりした空気が漏れてくる。タイル張りの床の上で、カバーをかけられたパーマの機械やワゴンテーブルやシャンプー台がひっそり並んでいた。いつもながら物寂しい眺めだ。

香澄が亡くなって一ヶ月ほどは、クラスメイトがたくさん家を訪れ、香澄の思い出話をしてくれた。それが三ヶ月経ち、半年経ち、一年経つうちに、訪問者の数はどんどん減っていき、今も変わらず一ヵ月に一度手を合わせに来てくれるのは、真紀だけだ。

そしていつの頃からか、真紀は手を合わせたあと、美容室で髪を切っていくようになった。言い出したのは弘美のほうだ。いつも来てくれてありがとう、とお代はサービスした。こうして、香澄の死後ずっと店を閉めたままの弘美にとって、真紀は唯一の客となった。

ドライヤーのスイッチを入れて動作確認をしてから、弘美は鏡ごしに真紀に笑いかける。

「さて。今日もおばちゃんに『おまかせ』でいいのかな？」

尋ねながら、肩下まで伸びた真紀の黒髪を両手で梳《す》いた。さらさらと指どおりのいい髪だ。真紀と香澄は性格も顔立ちもまるで違っていたが、髪質だけはそっくりだった。

「大きくなったら、おひめさまになる！」が口癖だった香澄は、幼い頃からロングヘアがトレードマークだった。毎朝――事故に遭った日の朝も――、香澄は身支度を済ませると、洗面所ではなく、わざわざ美容室の鏡の前で弘美に髪を結ってもらった。娘のまっすぐで艶《つや》やかな髪を慈《いつく》しみ、かわいく凝《こ》った髪型をいくつも考案したものだ。香澄の髪型は学校や近所で評判がよく、何より本人が宣伝上手だったため、「真似したい」という女の子たちが美容室に大挙して押し寄せ、弘美は嬉しい悲鳴を上げた。

「おばちゃん」と真紀に呼びかけられ、弘美は思い出の中から戻ってくる。

「おばちゃん、あのね、あたし……」

「どうしたの？」と真紀の顔を見つめる弘美の視線は、しかしすぐ横に置かれたワゴンテーブルへと移った。「そうそう」と手を打ちながら、水色のリボンを取り出す。

「この前、駅ビルで見つけたんだ。真紀ちゃんにこの色どうかなーって」

弘美は真紀の意見も聞かずに、リボンを髪の横にたらしてみた。

「うん、いいね。かわいいよ。待ってて。今、リボンの似合う髪型にしてあげる！」

「……ありがとう」

真紀の言葉の最後にうっすらとため息がまじっていたのを、弘美は気づけなかった。

真紀のきれいな髪を丁寧にカットしながらお喋りするのは、弘美にとって楽しさを感じられる唯一の時間だった。

「今日はどんな買い物をしてきたの？」

「えーと、中学用にあたらしいペンケースとシャーペン。それから下敷きも。あとで見せたげるね。かわいいいんだよー」

中学、という未来をさらりと語れる真紀を、弘美はうらやましく見やる。

「中学入ったら、またお友達が増えるんだろうねえ」

「どうかな？　入学式は美穂たちといこうと思ってるんだけど、あんまり小学校のときのクラスで固まってるのもよくないよね、きっと」

真紀の口から香澄以外の友達の名前が出てくると、弘美はすこしせつなくなる。「入学式といえば」と話を奪いとり、未来から過去へベクトルを変えてしまった。

「香澄と真紀ちゃん、小学校の入学式のワンピースがかぶっちゃったのよね。そのふたりが同じクラスになってるものだから、真紀ちゃんのおかあさんとおばちゃんはもう気まずくって」

「でも、あたしは単純に嬉しかったよ。『おそろいの子がいる！』と思って、自分から近寄ってったもん。香澄と仲良くなれたのは、入学式のワンピースがかぶったおかげだよ」

入学式のワンピースがいっしょだったことは、この二年間ですくなくともすでに五回以上ふたりの話題にのぼっている。それでも真紀は「またか」というような顔はいっさい見せずに、弘美に付き合ってくれた。

「でも、入学式の次の日から、真紀ちゃんはパンツルックばっかりだって、香澄が残念がってたわ。フフ。あの子、真紀ちゃんとおそろいの服をもっと着たかったみたいよ」

「無理無理。あたしはズボンしかはかないし、香澄はスカートしか持ってなかったもん」

「そうだったねえ。香澄はズボンのほうがいい場所にだって、意地でもスカートで遊びにいったもんね。ほら一度、公園の鉄棒でスカートがめくれるのを気にしてたら、頭から落ちちゃって……真紀ちゃんがおんぶして病院まで連れてってくれたでしょ?」

「そんなことあったかな……」

「あったよお。『香澄だいじょうぶかなあ? だいじょうぶかなあ?』って泣いてくれて……。本人はケロリとしてたのにね。真紀ちゃん、やさしいから」

「ぜんぜん覚えてないや」と気まずそうに首をすくめ、真紀はケープについた髪を払った。

「どう?」と弘美が手鏡をさしだすと、真紀は念入りにあたらしい髪型をチェックした。

「かわいい。でも、あたし……」真紀は口ごもる。

「ん?」と小首をかしげた弘美を見つめ、真紀は姿勢を正した。

「天満《てんま》先生から連絡ありました？　……明日の、卒業式のこと」

天満先生は、小学校四年のときの香澄と真紀の担任だ。あのときのクラスと担任がそのまま六年まで持ち上がっていた。弘美の顔色が変わったのを、真紀は返事と受け取ったようだ。

「来てくれますよね？」と心配そうにたしかめてくる。

「それは……ほら……」

「来てください。あたしたち、香澄といっしょに卒業……」

「香澄は死んだのよ！」

弘美は昂《たか》ぶった声で真紀の言葉をさえぎってしまう。おとなげないと知りつつ、止められなかった。

「真紀ちゃんが十歳から過ごした二年間を、あの子は持ってないの。十歳のまま、永遠にあの日に置きざりのままなの。卒業なんか出来ないわ」

長い間があった。真紀の肩がふるえだし、細い毛の散らばったケープに透明な雫《しずく》が落ちた。

「ごめんなさい」と真紀は小さな声で謝った。

「ごめんなさい、おばちゃん。香澄を死なせてしまって、ごめんなさい。あたしがあのとき、もうちょっと早く振りかえっていたら……」

ごめんなさい、と何度も謝りつづける真紀を、弘美は呆然と見おろす。この子はそんなふうに思っていたのか……。言葉を失った。

香澄の事故のショックで一時は声を失ったものの、医師や両親、友達や先生のあたたかいフォローによって、真紀はみるみる元の活発な女の子に戻っていった。香澄の写真に手を合わせ、弘美に髪を切ってもらい、学校であったことや香澄以外の友達について屈託なく話してくれるようになった。健全な子どもが皆そうであるように、真紀もまた未来だけを見つめて歩いていた。香澄の死はとっくに真紀の中で『消化』されたものだとばかり弘美は思っていた。

「真紀ちゃん……あなたずっと……?」

ずっと、そんな苦しい気持ちを背負ってきたの？　おばちゃんに申し訳ない、香澄に申し訳ない、って思いながら、毎月顔を見せてくれていたの？

真紀はうつむいて泣きつづける。いつも髪型を弘美にまかせ、香澄が喜ぶような、香澄が似合うような髪型ばかりつくられても文句ひとつ言わず「かわいい」と喜んでくれた。あれは真紀なりの『罪滅《つみほろ》ぼし』だったのかもしれない。弘美は頭をさげた。

「おばちゃんこそ、ごめんね。真紀ちゃんの気持ちに気づいてあげられなくて、ごめん」

そして、来たときとほとんど長さの変わっていない真紀の髪をさらりと撫でる。

「真紀ちゃん、髪型のリクエストってある？」

真紀はぱっと顔をあげると、まだ涙に濡れたままの頬を紅潮させてうなずいた。

「あたし、中学にいったらバスケ部に入りたいの。だから……短くしたい！」

「オッケー。まかせて。バッサリいこうー」

三十分後、鏡の中にはベリーショートの女の子がいた。

「いいね。似合ってる。真紀ちゃんは顔ちっさいしスタイルもいいから、モデルさんみたいよ」

「ホント？」と真紀はうれしそうに何度も鏡を覗き込んだ。

「ホントホント」とうなずきながら、弘美はケープを取り払い、ネルシャツの襟を直してやる。

真紀は上目遣いに弘美を見て、ちいさな声で聞いた。

「明日の卒業式……来てくれますか？」

弘美はうなずく。それが真紀に対して今の弘美が示せる、一番よい形の誠意だと思った。


その夜、弘美は夫の和博《かずひろ》を誘って香澄の部屋に入った。夫婦そろって娘の部屋にいくのは、香澄の死後はじめてのことだ。

ピンクのカーテン。ピンクのベッドカバー。ベッドに並べられたディズニーキャラクターのぬいぐるみ。ラメ入りのシールで飾られた勉強机。机の上には、やりかけの宿題と中ほどに栞《しおり》が挟まれたままの本。机の脇にかけられた赤いランドセル。そこから覗くリコーダー。ピンで壁に留められた四年一組の時間割。二年前の七月からめくられていないカレンダー。床に散らばった脱ぎっぱなしの夏用パジャマ。充電の切れた携帯ゲーム機。未完成のジクソーパズル。漫画本。アイドル雑誌。ヘアゴム。そしてなぜか片方だけの靴下。

香澄のけはいが強すぎて、香澄の届かなかった『明日』がわかりすぎて、正気ではいられない部屋だった。和博から何度も「片付けよう」と促されたが、弘美が今まで拒んできた。

そんな部屋をゆっくり見渡して、弘美は和博に尋ねた。

「あなたは香澄の部屋にいるとき、何をしてた？」

和博はだまって本棚の一番下から数冊のアルバムを引っ張り出した。弘美の顔が泣き笑いでゆがむ。

「……私といっしょね」

ふたりは並んで香澄のベッドに腰かけ、アルバムをめくった。


保育器の中に入った香澄。体には何本ものチューブがつけられ、痛々しい。

弘美が妊娠中毒症にかかり、香澄は予定日よりも二ヶ月早く生まれてきた。二千グラムに満たない、ちいさなちいさな赤ん坊だった。未熟児の我が子を心配し、自分を責め、泣いてばかりいた弘美に、和博は「子どもの前では笑っていよう」と励ました。この言葉は、若い夫婦の『親』としての最初の誓いであり、以降たびたび交わされる合言葉となった。

一歳を過ぎたばかりの香澄。まだ薄くて短い髪の毛をむりやりリボンで結ばれている。よく熱を出す幼児だった。時にはげしい痙攣《けいれん》も伴った。白目をむいた香澄を抱えて、救急病院に駆け込んだことも少なくない。腕の中のちいさくて軽い存在が今にも消えてしまいそうで、弘美は何度も何度も抱きしめた。

香澄がはじめて喋ったのは、そんな救急病院からの帰り道だった。熱のせいで潤んだ瞳を弘美にそそぎ、ちいさな声で「ママ」と言ってくれた。その声は今も弘美の中で響いている。

ちいさい舞台の上で、ティアラをのせ、光沢のあるドレスを身にまとい、念願の『おひめさま』を演じる五歳の香澄。この頃には体がすっかり丈夫になり、保育園もめったに休まなかった。

香澄が最初で最後の主役をつとめあげたお遊戯会は大成功に終わったが、残念ながら動画が残っていない。ビデオカメラの充電が切れてしまったのだ。ビデオ担当だった和博を弘美はあとあとまで責めたが、香澄はいつもかばった。父親のことが大好きな娘だった。

小学校の入学式。写真いっぱいに桜吹雪が舞っている。香澄が小学校前の坂道に積もった桜の花びらをかき集めて撒《ま》いたのだ。例のおそろいのワンピースで真紀もいっしょに写っている。サイドを編み込み、リボンをたらした香澄に対し、真紀は潔いショートカットだ。香澄は、自分にない部分を持つ真紀に憧れたのだろう。

小学生以降、香澄の写真の中にはいつも真紀がいる。

一年生の運動会。かけっこで転んでビリになり、泣きべそをかいた香澄。真紀がなぐさめるように肩を抱いてくれている。その横顔はりりしく、王子様のようだ。

二年生の遠足では、イルカの前でふたり揃ってポーズをキメている。当時人気だったお笑いコンビのポーズだ。

こういうおふざけを提案したのは、きっと香澄のほうだろう。お笑い番組が好きで、すまし屋の反面よくおちゃらけていた。そんな香澄のために、ふだんテレビをあまり観ない和博がいそいそコントや漫才の番組を録画し、続々と現れるニューカマーのギャグを娘といっしょになって笑った。「子どもの影響力ってすごいね」と弘美は苦笑したものだ。

夏祭り、スキー講習、プール、マラソン大会、いつでもどこでも、仲の良い女の子ふたりは手をつなぎ、はじけるような笑顔を見せている。香澄の遺影にした写真も、真紀とのツーショットからトリミングさせてもらった。香澄の一番いい笑顔を探したら、自然とそうなった。

真紀は覚えていてくれるだろうか？

これからたくさんの友達と出会い、さまざまな関係を築いて大人になっていく彼女は、小学校のわずか数年を共に過ごし、あっという間に逝ってしまったひとりの女の子のことを覚えていてくれるだろうか？　忘れないでいてくれたら、もちろん嬉しい。でも、と弘美は考える。もし忘れてしまったらそれはそれでいい。

あのとき、あの瞬間、香澄といっしょに楽しく過ごしてくれたのならばそれでもう十分だ。


アルバムの最後の一枚は、家族旅行の写真だった。小学四年生のゴールデンウィーク、香澄が亡くなる二ヶ月前に三人で軽井沢にいった。人も多かったが、それ以上にかわいい洋服を着た犬が目立つ町だった。香澄は飼い主たちに了解を得て心ゆくまで犬たちを撫でまわし、しまいには「あたしも飼いたい」とねだってきた。

弘美は「どうせ世話するのはおかあさんでしょう？」と渋り、その場をごまかした。あのとき真剣に検討し、すぐ犬を飼わなかったことが悔やまれてならない。香澄がその短い人生の中で出来たかもしれない『経験』をいたずらに潰してしまったことが悔しくてならない。

道ゆく人にシャッターをお願いし、三人で写った最後の写真。弘美と和博に挟まれるようにして香澄が立っている。

一人っ子の香澄は、家族で写るといつも真ん中にきた。家族全員にとって、それが当たり前だった。あまりに当たり前すぎて、その真ん中が欠けてしまうことなど想像も出来なかった。

香澄の身長はまだ弘美の肩までしかない。あまり背の高くない弘美は娘に身長を抜かれることを覚悟していたし、楽しみにもしていた。あと何年待てば抜いてくれるだろうか？　考えても仕方のないことを考えてしまう。暑い日は喉が渇いていないか、寒い日は風邪など引かぬか、案じてしまう。

我が子のことを想わぬ親がどこにいる？　子どもがまだ幼いうちはもちろんのこと、生意気ざかりの子だって、すでに自分の家庭を築いている子だって、そして、もう死んでしまっている子だって、親にとっては等しく我が子なのだ。

いつまでだって想いつづける。当然ではないか。

アルバムはたくさんの空白のページを残して、唐突に終わっていた。和博と弘美、どちらからともなくため息が漏れる。和博がしずかに言った。

「いっしょに見れてよかった。最後の写真まで行き着けたの、今日がはじめてだよ」

弘美は和博を見つめる。いつも冷静な夫。その冷静さがときに冷酷すぎるように感じてきた二年間だった。彼が必死で押し殺した慟哭《どうこく》に気づく余裕のない二年間だった。

「明日の卒業式、出席することにしたの。だから、よかったらあなたも……」

弘美の誘いに、和博は蛍光灯の白い光の下でまぶしそうに目をしばたたく。

「いくよ。実はもう、有休もとってある」

弘美はうなずき、香澄の片方だけの靴下と夏用のパジャマを拾いあげた。

「この部屋も、そろそろ片付けようと思う」

「……無理しなくていいぞ。ゆっくりでいいさ」

「うん。ゆっくり、でもちゃんと、片付ける」と噛みしめるように言ってから、弘美は和博の胸に頭をあずけた。「時間を進めたからって、香澄が遠ざかるわけじゃないよね?」

「当たり前だろ」と和博が弘美の肩を抱く。

「また、香澄のアルバムをいっしょに見よう。いっしょに思い出してあげよう、あの子のこと。それがきっと『そばにいる』ってことなんだ」

未熟児の娘が生まれた日、不安と罪悪感で押しつぶされそうになっていた妻を励ました夫の姿がそこにあった。共に『親』となった男の、あたたかな笑顔がそこにあった。

翌日、弘美は和博といっしょに小学校の卒業式に出席した。上品な紺色のスーツは六年前の入学式の際にはりきって新調したものだ。それきり着る機会もなく、今朝までクローゼットに吊るしてあった。防虫スーツカバーを外すと、六年前の春の空気がふわりと匂った。

サイズが合っていないのは、この二年間で弘美の体重が五キロも落ちてしまったせいだ。

卒業証書の授与で春田香澄の名前が呼ばれ、弘美と和博をおどろかせた。香澄の卒業証書を求めて、真紀たちクラスメイトが天満先生といっしょに、校長に直談判にいったというエピソードが当の校長から披露され、弘美は天満先生や真紀があれほど必死に出席を呼びかけてくれた理由を解《かい》した。香澄に代わって和博が壇上にあがると、ひときわ大きな拍手が起こった。きっと香澄にも聞こえたはずだ。


式は滞《とどこお》りなく進み、やがて卒業生退場のときがやって来た。パッヘルベルのカノンが流れるなか、めいめい卒業証書を手にした香澄のクラスメイトたちが進みだす。

しかしその列は講堂の出口までまっすぐ伸びず、途中で折れ曲がった。香澄の卒業証書を抱いた弘美たち夫婦の前にやって来たのだ。

マイクの前に立った天満先生が、戸惑う夫婦に一礼して喋りだす。

「この二年間、一組の合言葉は『香澄さんが見てるよ』でした。生徒たちはそれぞれ香澄さんに胸を張って報告できるような自分なりの課題を成し遂げて、今日の卒業式を迎えました。春田さん、天国の香澄さんといっしょにどうか生徒たちの言葉を聞いてあげてください」

天満先生がマイクのスイッチを切ると、先頭の男の子が弘美と和博に頭をさげた。

「ぼくは校内マラソンを、今年やっと完走できました。ビリだったけど、最後まで走りました」

次の男の子は、卒業証書とは別の手に持った画用紙を見せてくれた。

「ぼくは、秋の美術展覧会で入選できました。春田さんといった最後の遠足を描いた絵です」

髪の長い女の子が目を真っ赤に腫らしながら、「この二年間、一日も学校を休みませんでした」とささやいた。背の低い女の子が「給食を残しませんでした。牛乳もぜんぶ飲みました」と笑顔で教えてくれた。弘美はうなずき、握手し、手を叩きながら知る。子どもたちがみんな、ある日とつぜんこの世から消えた友達を想いながらがんばり、成長してくれたことを。

最後にベリーショートの真紀が近づき、両手で弘美の手を握りしめた。

「おばちゃん。あたし、泣かなかった。香澄のことをどれだけ思い出しても、学校では一度も泣かなかった。その代わり、笑ったの。香澄に心配かけないよう、いっぱい笑いました」

真紀の腕には水色のリボンが巻かれていた。弘美は「ありがとう」と泣き崩れる。

みんなひどい、と弘美は思っていた。誰にも言わなかったけれど、ずっと思っていた。

香澄の葬式から一ヶ月もしないうちに「美容室はまだあけないの?」と聞いてきた近所の人

たち。あっという間に足が遠のいた香澄のクラスメイトたち。子どもを亡くした親に「卒業式にいらしてください」と電話してくるかつての担任。その誘いを断ろうとすると「なんで?」とふしぎそうな顔をした夫。そして、嬉しそうに楽しそうに未来を語る真紀ですらも。

香澄がいない日常を簡単に受け入れ、馴染んでいくみんなに納得がいかず、許せなかった。

しかし今、弘美はそれが自分のあさはかな思い込みだったことに気づく。苦労もせず日常に戻った者など、誰もいなかった。弘美は被害者意識に凝り固まっていた自分の愚かさを知る。

「香澄を十歳のまま、あの日に置き去りにしてたのは、私だったのね……」

弘美がハンカチを探してポケットを探ると、何かが手に触れた。引っ張り出し、思わず声をあげる。

白っぽいの、茶色く変色したもの、いろいろあるが、すべて桜の花びらだった。

六年前、一年生の香澄が、小学校前の坂道に降り積もった花びらで遊んでいた姿を思い出す。

まさか母親のスーツのポケットまで花びらだらけにしていたとはね。気づかなかったよ。

弘美は微笑むと、おもむろに立ち上がり、香澄が入学式でやったように桜吹雪をつくった。

「卒業おめでとう!」

時を超えた桜の花びらが、あの日香澄と共に入学し、今日卒業を迎えた子どもたちの頭上に舞い降りる。歓声が沸いた。香澄もきっとどこかで笑ってくれているはずだ。花びらを撒く弘美の手に力がこもった。

おめでとう。今日は君の卒業式。そして君を失った悲しみからの卒業式。本当におめでとう。

STAFF

GAME

ニンテンドーDS「99のなみだ」

執筆	秋元康、おちまさと、高原直泰　ほか
パッケージモデル	入山法子
テーマソング	moumoon
監修	早稲田大学　教授　河合隆史
企画・制作・発売	株式会社バンダイナムコゲームス
	©2008 NBGI

BOOK

執筆

遠い夏の	原案・小説 名取佐和子
あなたともう一度	原案 水森野露　小説 田中夏代
板垣さんのやせがまん	原案・小説 名取佐和子
僕とりんごとおばあちゃん	原案・小説 梅原満知子
特技はうそつき	原案・小説 小松知佳
ひまわり	原案 荒木ひさみ　小説 梅原満知子
大好きなお姉さんへ	原案 野坂律子　小説 谷口雅美
花のように	原案 須藤美貴　小説 小松知佳
ぼくのともだち	原案・小説 名取佐和子
運び屋	原案 須藤美貴　小説 村上桃子
ラスト・ゲーム	原案・小説 田中孝博
君の卒業式	原案・小説 名取佐和子

装丁　白井賢治、若林和代(ライスパワー)

本文DTP　清水千早

校閲　行川美樹、住田利美

リンダブックスのご紹介

99のなみだ

涙がこころを癒す短篇小説集

ISBN978-4-8030-0126-6

七夕の雨
屋上から
お父さん
桜色の涙
いつかはきみと
十五年目の祝福
おかえりなさい
お母さんの絵
会いたくて
願い
プチ家出
恋しくて

99のなみだ 雨

涙がこころを癒す短篇小説集

ISBN978-4-8030-0139-6

臨時ダイヤ
空を見上げる
プレゼント
ラララのうた
親愛なる彼女へ
わだち
夏の思い出
思いは湯のごとく
弟が嫌いだ
リュウといっしょ
いちご泥棒
ガニ股選手団

リンダブックス
99のなみだ・空 涙がこころを癒す短篇小説集
2009年 2月 5日 初版第1刷発行

• 編著 リンダブックス編集部

• 企画・編集 株式会社リンダパブリッシャーズ
〒150-0046 東京都渋谷区松濤1-5-1-502
電話 03-5465-2663
ホームページ http://lindapublishers.com

• 発行者 新保勝則
• 発行所 株式会社泰文堂
〒150-0046 東京都渋谷区松濤1-5-1-502
電話 03-5465-1638

• 印刷・製本 株式会社廣済堂
• 用紙 日本紙通商株式会社

定価はカバーに表示してあります。
万一、落丁・乱丁などの不良品がありましたら小社（リンダパブリッシャーズ）
までお送りください。送料小社負担にてお取り替えいたします。

© NBGI ／ © Lindapublishers CO.,LTD.
Printed in Japan
ISBN978-4-8030-0143-3 C0193